Fuga de Proteo 100-D-22

Editorial Bambú es un sello
de Editorial Casals, SA

Casp, 79. 08013 Barcelona
Tel. 902 107 007
editorialbambu.com
bambulector.com

Diseño de la colección: Miquel Puig
Ilustración de la cubierta: Luis Bustos

Sexta edición: mayo de 2018
ISBN-13: 978-84-8343-003-3
Depósito legal: M-43.537-2011
Printed in Spain
Impreso en Anzos, SL, Fuenlabrada (Madrid)

Fuga de Proteo
100-D-22

Milagros Oya

I

Carso abandonó la sala Azul con evidentes muestras de rabia. No le importó que todas las miradas de los que ocupaban asientos cercanos se clavaran en él manifestando su desaprobación. Nartis lo seguía de cerca en absoluto silencio.

–¡Maldita sea! Ni siquiera me han concedido los dos minutos reglamentarios. ¡Me han obligado a callar inmediatamente! Debería elevar una queja al presidente del Central.

El joven Carso sabía que presentar una protesta oficial ante el jefe del órgano supremo de Proteo 100-D-22 no tenía el más mínimo sentido. Si en la reunión anual que se celebraba en la sala Azul habían utilizado todas las artimañas para impedirle que expusiera su proyecto, estaba claro que el zenit desestimaría sin más problema la petición de amparo. Nadie en toda la ciudad sentía el más remoto interés por las ideas de Carso y su grupo. ¿Para qué iban a escuchar propuestas revolucionarias y molestas? ¿Por qué trastocar sus perfectas vidas? Las conciencias de los habitantes de la base submarina Proteo 100-D-22 permanecían dormidas desde hacía siglos. Poco después de que el cataclismo abriera una nueva etapa en la civilización humana.

Por supuesto, Carso solo conocía por las clases de historia lo acontecido en tiempos tan remotos. En aquellos años de disturbios y miserias en tierra, un proyecto de Naciones Unidas había dado lugar a la famosa base submarina del Atlántico norte: Proteo 100-D-22. Un nutrido número de los más prominentes científicos había descendido hasta las más remotas profundidades del océano para poner en práctica el sueño de fundar una ciudad submarina.

Los primeros años habían sido duros: trabajo sin cesar, experimentos constantes, miles de problemas que debían solventarse... Pero el éxito había acompañado a la misión: la base submarina consiguió ser autónoma muy pronto, tanto en gestión de medios como en energía.

Ello había salvado a los integrantes de la expedición científica del cataclismo: los polos se derritieron, el nivel de las aguas creció y, cuando las revueltas, las guerras, el hambre y la miseria se habían apoderado de la Tierra, apareció en el cielo la sombra del terrible meteorito que portaba una carga mortal del llamado virus ET. Los intentos por controlar la devastación del desconocido organismo alienígena con una vacuna experimental acabaron en tragedia, pues la amenaza se incrementó y, en pocos meses, el diminuto organismo había conseguido aniquilar a una civiliza-

ción milenaria. La vida humana y animal desapareció de la faz de la tierra. Solo Proteo 100-D-22 había permanecido intacto debido a su aislamiento.

En la ciudad de las cúpulas habían trabajado con el fin de encontrar la vacuna que impidiera la catástrofe. Cuando las investigaciones dieron sus frutos, era ya demasiado tarde. No había nadie en el exterior con quien comunicarse. Ni uno solo de los habitantes de la ciudad submarina se atrevió a emerger y pasear sobre un cementerio de cadáveres sin sepultar. A partir de entonces, el camino de los confinados bajo las aguas se alejó de la vida terrestre. Una nueva sociedad, cuyo medio natural era el océano, miraba hacia un futuro esperanzador.

–¿Es que no les importa el espíritu pionero que fundó nuestra civilización? ¿Es que no existe ninguna propuesta que les obligue a levantar sus culos apoltronados en las sillas azules?

Carso elevaba la voz en exceso. Los agentes de seguridad que custodiaban la sala Azul lo contemplaron con preocupación.

Conocían perfectamente al joven. Era uno de ellos. Coordinaba la seguridad del ala 29 de Proteo, donde se hallaban las unidades alimenticias. Sin embargo, no podían permitir que alborotara a las puertas de la reunión del Central, que acogía a todos los representantes de la urbe bajo la presidencia del zenit.

–Será mejor que bajes la voz –le sugirió discretamente Nartis percatándose de las miradas nerviosas de los vigilantes.

–¿Cómo voy a bajar la voz? ¿No te das cuenta de que esto significa que hasta el año siguiente no podremos presentar de nuevo el proyecto?

–¿Qué es un año? –dijo Nartis.

Carso contempló atentamente el rostro del acompañante. Como tantas otras veces había dado en el clavo. Justamente ese era el problema de la sociedad de Proteo: el tiempo.

Habían conseguido controlarlo. Gracias a los avances tecnológicos y a las casi milagrosas sustancias que les proporcionaban las algas y los martenes, unos pequeños peces abisales descubiertos tras el cataclismo, las vidas de los habitantes de la ciudad se habían alargado desmesuradamente. No padecían enfermedades y los científicos podían recomponer cualquier órgano dañado por medio de prótesis biológicas y devolverlo, así, a la vida sin apenas dificultad. Presentaban siempre un aspecto rejuvenecido; únicamente los que ya habían cumplido sobradamente el siglo de edad terminaban por permitir que su rostro fuese surcado por pequeñas arrugas, quizá movidos por algún agotamiento psicológico, de reciente investigación. ¿Qué era, entonces, un año para un proteico? Lo mismo que nada.

–Nos hacemos viejos –murmuró Carso.

–Tú aún eres muy joven, amigo mío –le repuso Nartis–. Ni siquiera has cumplido los cincuenta años. Hasta que alcances, por lo menos, los dos siglos nadie podrá considerarte viejo.

Carso calló. Se alejó de la mirada inquieta de sus colegas vigilantes para acercarse al mirador acristalado que presidía la estancia de entrada a la sala Azul. El joven contempló la ciudad sumergida y experimentó en su interior un sinfín de sensaciones contradictorias.

La belleza de Proteo 100-D-22 no era comparable con nada visto anteriormente, y eso que en la biblioteca del área Nexus había observado construcciones impresionantes de la tierra emergida, anteriores al cataclismo: pirámides, poblados, castillos, templos, torres... Sin embargo, el esplendor de Proteo las convertía en sencillas construcciones mediocres.

La ciudad reunía a medio millón de almas perfectamente ordenadas en áreas residenciales. Medio millón era el número mágico que permitía a la sociedad submarina mantenerse en su opulento modo de vida. El número de niños que debían nacer era directamente proporcional a los que abandonaban la vida por agotamiento.

–¿Qué será de nosotros cuando consigamos vivir eternamente? –preguntó Carso al acompañante.

–No dispongo de datos para contestarte.

Carso sonrió. En muy contadas ocasiones Nartis dejaba ver que no era ni más ni menos que un organismo biorrobótico, clase T, generación 23. Lo que vulgarmente se llamaba un acompañante. Un ser sintético diseñado para llevar a cabo la labor de secretario y ayudante, y, en algunos indeseables casos, de amigo. La totalidad de los proteicos disponían de estos biorrobots asignados por el Central y los utilizaban con normalidad, aunque siempre había algún ciudadano que prefería evitar en lo posible la compañía artificial.

Las luces de Proteo parpadeaban bajo las cúpulas transparentes. La oscuridad marina estaba mitigada por potentes focos exteriores que alumbraban el asombroso paisaje del fondo oceánico. Al abrigo de las luces, nuevas formas de vida, algas, peces y otros animales, se habían desarrollado en la anteriormente negra sima abisal. El paisaje era alegre y luminoso. La vida pasaba entre cúpulas y miradores que amenizaban a los que todavía se dejaban sorprender por la naturaleza que los rodeaba.

Las áreas de la ciudad se comunicaban por extensos corredores, por los que transitaba gran cantidad de vehículos. Los que optaban por caminar podían utilizar las cintas transportadoras y los ascensores.

Los ojos de Carso se detuvieron en un hombre ataviado con el traje de exterior, que limpiaba el panel transparente del vestíbulo de la sala Azul.

–¡Es Notorius! –exclamó el acompañante.

El joven de mantenimiento de exteriores sonrió a través del cristal. Se encogió de hombros como interrogando a Carso. Este negó con la cabeza. Notorius borró la sonrisa del rostro.

–Lo siento, amigo mío. Nadie nos apoya.

El joven Carso se volvió hacia Nartis.

–No esperaremos a que termine la reunión. No tengo ningún interés en escuchar los reproches del resto de los representantes sociales.

El acompañante asintió en silencio.

–Volvemos al ala 29. Comunícate con Laita y el resto del grupo. Convócalos a una reunión urgente en el almacén.

Nartis procesó todos los datos e inmediatamente envió, con solo concentrarse, los mensajes a sus destinatarios. Su unidad central había percibido cierta variación nerviosa en el tono de su huésped. Estaba seguro de que había tomado una decisión peligrosa, inquietante; quizá suicida, pero no acertaba a profundizar en su naturaleza. Le hubiese gustado preguntar. Mantenía muy buena relación con Carso. Se encontraba muy satisfecho de su huésped; con todo, pensó que no sería correcto interrogarlo. Ya le comunicaría el motivo de su inquietud llegado el momento.

Aunque Nartis era un organismo sintético, pertenecía a la generación 23, clase T, la más sensible y sofisticada de cuantas se habían creado. En su unidad central crecía por momentos una sensación parecida al desasosiego. Las emisiones sensibles enviadas por su huésped le proporcionaban una sensación parecida al miedo.

El acompañante hizo un esfuerzo malabar por equilibrar sus funciones y controlar la tensión de los circuitos. Sin que Carso se percatara del más mínimo cambio en los rasgos humanos de su acompañante, este lo siguió en silencio a la zona de transporte rápido.

El joven tenía prisa, mucha prisa. Quizá demasiada.

II

Carso y Nartis se introdujeron en un pequeño cubículo cilíndrico. El joven activó con la voz el sistema de traslado. La nave biplaza se catapultó, entonces, hacia el área Norte, ala 29, sin emitir el más leve sonido. El tiempo de viaje fue breve. Durante el trayecto el huésped y su acompañante ni siquiera se cruzaron un par de palabras. Carso parecía sumido en importantes meditaciones con la mirada clavada en el único foco de luz de la oscura nave. Como de costumbre, Nartis controlaba las constantes vitales de Carso para perfeccionar el conocimiento de su huésped.

El vehículo se detuvo. El joven salió de un brinco al pasillo y se encaminó a toda velocidad al almacén.

–¿Está el grupo reunido? –preguntó a Nartis.

–Solo falta Laita; los seis restantes nos aguardan.

El muchacho se precipitó sobre la puerta del almacén, una pequeña estancia que solo guardaba trastos que nadie parecía necesitar. Cuando Carso y sus amigos decidieron crear el grupo, tuvieron que pedir permiso al área Nexus para habilitarlo como lugar de reunión. Se dieron de alta en el registro de asociaciones culturales con el rimbombante nombre de Océano Neptuno, pero siempre se referían a sí mismos con el apelativo del grupo.

En un principio, dedicaron su dilatado tiempo libre al estudio de culturas ancestrales. Con un par de terminales de ordenador se conectaban a la biblioteca del área Nexus y accedían a infinidad de archivos de textos antiguos. Sin embargo, con el tiempo, el grupo había variado de intereses. El pasado había dejado de resultar atrayente y comenzaron a preocuparse por el futuro. Fue, entonces, cuando surgió el maravilloso proyecto que Carso debía haber expuesto en el Central, a la espera de que el zenit y el resto de los representantes sociales les diesen el visto bueno y les proporcionasen fondos para seguir adelante.

El joven vigilante jefe abrió la puerta del almacén precipitadamente. Conocía la expectación con la que los miembros del grupo lo aguardaban. Se sentía absolutamente desolado por la derrota. Deseaba que aquel mazazo no terminase para siempre con la asociación. Para impedirlo se le había ocurrido una excelente idea.

–¿Cómo han ido las cosas?

Aún no estaba la puerta abierta por completo, cuando las preguntas se precipitaron contra Carso.

Vesticor se hallaba sentado en un mullido sofá al lado de Salmiya, Gómel y Ternope. Notorius, sorprendentemente, se encontraba ya en la sala. Era obvio que había abandonado a toda velocidad su puesto para enterarse de lo que había sucedido. Su rostro, en contra del de sus compañeros, denotaba tristeza. Él ya sabía que la petición había sido un fracaso.

–¡Mal! –respondió escuetamente Carso.

Nartis entró en el almacén tras su huésped y permaneció en pie en un rincón de la sala, junto a los demás integrantes del grupo.

–Ni me han dejado hablar. Tan pronto atisbaron por dónde iban los tiros, me cortaron tajantemente.

–¿No es cierto? –preguntó Carso volviéndose a mirar a Nartis.

–Desde luego. Tenían prisa porque cesase su discurso.

La desolación se reflejó en el rostro de todos los reunidos, acompañantes incluidos. Un silencio sepulcral se apoderó de la reunión. La decepción campó entre ellos a sus anchas.

Carso sufría por tal situación. No podía consentir que sus camaradas se sumieran en la tristeza. Él sabía cómo animarlos. Tenía una idea que los arrancaría del abatimiento. Pese a ello, no podía manifestarla sin la presencia de Laita.

–Insiste con Laita –le indicó en un susurro a Nartis.

El ser sintético obedeció.

–Su acompañante me comunica que está a punto de llegar.

No había terminado la frase cuando una joven de no más de cuarenta y cinco años entró como una exhalación en el almacén.

–¿Qué han dicho sobre la expedición? –preguntó jadeando ostensiblemente.

Carso negó con la cabeza.

–¡No es posible! –protestó la muchacha–. ¿Te han negado el presupuesto? ¿Cuáles fueron los motivos?

–No hubo motivos. No me permitieron exponer el proyecto.

Laita no se podía creer lo que estaba escuchando. Había empleado los últimos años en los preparativos documentándose, realizando interminables listas de presupuestos, reuniendo todos los datos que la biblioteca del área Nexus le había proporcionado...

–¡Estamos acabados! –sentenció.

El resto del grupo era de la misma opinión.

–Supongo que esperan que nos disolvamos –murmuró Vesticor.

Salmiya posó la mano cariñosamente sobre la del muchacho.

–Ha sido un terrible varapalo para todos –dijo.

–¡No debíamos permitir semejante atropello!

Notorius se encaró con la pesadumbre de los demás.

–¡No podemos tirar la toalla con tanta facilidad! ¡Eso es lo que esperan de nosotros! Quieren que sencillamente seamos como ellos y que nos resignemos. ¡No!

El joven recorrió el almacén de un lado a otro como una fiera enjaulada. La rabia le brotaba por cada poro de la piel.

Su acompañante, Lacemis, le conminó a que se calmara. El corazón del huésped latía desbocado.

Notorius ni siquiera le prestaba atención. De su boca brotaban en aquellos instantes un sinfín de improperios muy subidos de tono.

–¡Cálmate, amigo! –medió Carso–. Ahora ya estamos todos –dijo volviéndose a Nartis y al resto de los acompañantes–. Preciso de un barrido exhaustivo –les dijo.

–¿Crees que nos escuchan? –preguntó Notorius indignado.

Su amigo lo hizo callar con un gesto.

Los acompañantes consultaron las reacciones de sus respectivos huéspedes. Ninguno manifestó rechazo a la propuesta de Carso. Así que atendieron la petición de un humano al que no estaban asignados.

Fue Nartis el encargado de comunicar el fin del proceso.

–Hemos rastreado y eliminado todas las posibles escuchas. El almacén es ahora como una cámara acorazada.

–¿Qué es lo que sucede? –preguntó Laita inquieta–. ¿Piensas que nos espían?

El resto del grupo se revolvió nervioso en el sofá.

–No podría asegurarlo. Me ha sorprendido que el zenit y sus allegados se hayan precipitado a callarme, aun antes de alcanzar la parte principal de mi exposición.

Gómel, desde su asiento, interrogó al cabecilla del grupo.

–O sea que, antes de manifestar nuestras intenciones, ya te habían cerrado la boca.

–¡Exacto! Me anunciaron que el tiempo había concluido y que le tocaba el turno al siguiente expositor.

–Y claro está, el tiempo no había concluido –apuntó la joven Ternope.

–¡Es un hecho! –gritó Laita–. ¡Nos vigilan! Y seguirán haciéndolo hasta que dejemos de reunirnos. Supondrán que después de este fracaso el grupo ya no tiene sentido.

Laita estaba a punto del llanto. No podía comprender cómo el Central había podido ser tan injusto con ellos. El proyecto hubiera sido beneficioso para todos. Así lo habían concebido.

–¡Tranquilizaos, por favor! –intervino Carso.

Los jóvenes se hallaban absolutamente indignados. Proferían, a la vez, todo tipo de exabruptos y exclamaciones de rabia.

No sin ciertas dificultades consiguió poner paz.

Cuando al fin todos callaron y lo miraron, Carso les comunicó la idea que le rondaba por la cabeza desde que había salido de la sala Azul.

–¡Seguiremos adelante! –declaró.

Los jóvenes se miraron confusos.

–¿Te refieres a seguir investigando? –preguntó intrigada Salmiya.

–¡No! Me refiero a poner en práctica el proyecto tal y como lo planeamos.

Un silencio total recibió esta extraña declaración.

–No entiendo qué te propones –dijo Gómel.

–Sí. No estaría mal que fueses un poco más claro –apuntó Ternope.

Carso contempló a sus amigos. Posó la mirada sobre Laita.

–¡Nos vamos! –le dijo.

Gómel abandonó el sofá de un salto.

–¿Has perdido el juicio? ¿De dónde piensas sacar el dinero para la expedición?

–No lo necesitamos –respondió sonriendo Carso–. Tomaremos por las buenas lo que necesitamos y no podemos pagar.

–¿Hablas de robar la nave? –inquirió sorprendido Notorius.

La palabra *robar* produjo un extraño revuelo entre los acompañantes.

Nartis, que era la unidad más sofisticada, se esforzó en transmitir tranquilidad a sus congéneres.

–Yo no lo llamaría robar –puntualizó Carso contemplando el efecto que el término producía en los biorrobots–. Tomar prestado es la expresión adecuada.

Gracias a esta aclaración y a la labor de Nartis, los acompañantes sonrieron más tranquilos.

–¡Has perdido el juicio! –exclamó Vesticor–. ¿Quieres que nos reprogramen a todos? ¡No lo permitiré! –dijo mirando a Salmiya.

Su compañera era de la misma opinión.

De nuevo la agitación tomó el almacén. Todos hablaban a la vez, sin orden ni concierto.

Solo la potente voz de Notorius consiguió abrirse paso ante tal algarabía.

–¡Suena alucinante! ¡Yo me apunto! –exclamó.

Los demás callaron contemplándolo boquiabiertos.

–¡Pensé que éramos un grupo de estudiosos, no de delincuentes! –apuntó Gómel.

Carso intentó tranquilizar los ánimos.

–¡Escuchadme un momento, por favor! Jamás se me pasó por la cabeza obligar a ninguno de vosotros a participar en la ejecución del proyecto. Hubiese preferido que las cosas hubiesen discurrido por los cauces habituales. Pero la imposibilidad de conseguirlo es un hecho. El Central nos vigila, no confía en nosotros y teme las ideas del grupo. Nunca nos apoyará. Si queréis abandonar, este es el momento. Solamente os pido que los que dejen el grupo no se interpongan en el camino de los demás. Sabéis a lo que me refiero.

Los gritos con que acogieron la intervención de Carso se hubiesen oído en la mismísima área Nexus, si Nartis no se hubiese encargado de amortiguarlos.

–No es posible que nos estés diciendo esto –bramaba Gómel encarándose con el jefe del grupo–. Te refieres a nosotros –dijo señalando a los que habían estado sentados en el sofá–. ¡Somos amigos, Carso! ¿Piensas que podemos delatarte? ¡No sé qué te han hecho en esa reunión pero no te ha sentado nada bien!

Ternope, Vesticor y Salmiya estaban de acuerdo con su compañero. Rugían indignados ante las insinuaciones del líder del grupo.

–Lo lamento –murmuró Carso avergonzado–. Creo que me habéis malinterpretado. Sé que no nos delataríais por gusto, pero sabéis que hay muchos modos de hacer hablar a los que callan...

–¡Por supuesto! –dijo Ternope–. Y no somos inmunes a ninguno. Ni siquiera tú, Carso. Si te aplicaran una terapia de ajuste con revelación, cantarías como una sirena. Espero que tengas claro que ningún miembro del grupo delataría a los demás conscientemente.

Carso asintió abochornado.

–De verdad, lo lamento. No quisiera perjudicaros ni incomodaros. Lo único que me mueve es que sé lo trascendente que es nuestro proyecto no solo para nosotros, sino para el futuro de Proteo. Quizá no sea importante ahora pero cuando pasen los años, nuestra aportación será vital para la comunidad. El grupo lo ha entendido así, pero estamos solos en esto. No deseo abandonar. Mi corazón me dice que sería terrible para nuestra cultura. ¡Tenemos que seguir adelante y superar las dificultades! ¡Me marcharé aunque sea en solitario!

–¡De eso nada! ¡Yo ya me he apuntado! –exclamó Notorius–. Será una aventura memorable. Estoy deseando empezar.

Carso se volvió a Laita.

–¿Y tú? Aún no te has pronunciado.

–Supongo que no es necesario. Todos sabéis que no me perdería esto por nada del mundo.

Carso sonrió. Lo tenía muy claro.

–¿Y vosotros? –se dijo volviéndose a las dos parejas.

Vesticor y Salmiya se miraron. Estaban tan compenetrados que no necesitaron más de unos instantes para entenderse.

–Te ayudaremos en lo que esté en nuestras manos –dijo Salmiya–, pero nos quedamos. Acabamos de solicitar un permiso para poder tener hijos en el futuro. Hemos entrado en la lista de espera.

Los demás aprovecharon la buena noticia para felicitarlos.

–Nosotros también queremos solicitarlo –dijo Gómel–. Colaboraremos en el proyecto, pero no partiremos.

–¿Cuándo empezamos? –preguntó Notorius ansioso por embarcarse en una gran aventura.

Carso se volvió hacia Nartis. El acompañante permanecía en pie junto con el resto de los seres sintéticos.

–¿Tendremos problemas? –le preguntó su huésped.

–¿Sería posible que nos delatasen? –inquirió Laita.

Ella nunca había sido partidaria de la moda de los acompañantes. Le parecía inconcebible que los seres humanos, que se enorgullecían de ser inteligentes, no pudiesen dar un solo paso sin los biorrobots. A la joven se le antojaba que era un modo de disponer de un esclavo sumiso sin padecer los remordimientos que produciría uno real.

Nartis consultó su unidad central. Podía acceder sin dificultad alguna a los bancos de datos del resto de los acompañantes. Fueron éstos los que le comunicaron que una cierta inquietud reinaba en los circuitos.

El acompañante de Carso hizo gala de su excelente fabricación. El avanzado diseño le proporcionaba cierta autonomía de actuación. Había sido creado para atender las necesidades de un ser humano y, al igual que los demás seres sintéticos, llevaba implantes que le impedían perjudicar a la sociedad: tenía capacidad suficiente para mitigar las reacciones adversas que se producían en su unidad central al entrar en conflicto los principios básicos de su existencia con las misiones encargadas por el huésped. Un acompañante no podía robar. Con solo intentarlo un corto circuito lo dejaría fuera de juego. Cualquier actividad delictiva de la que tuviera conocimiento debía ser inmediatamente comunicada al servicio de seguridad del Central.

Nartis fue el encargado de enmascarar la información vertida en los chips de las unidades biorrobóticas y darle una apariencia inofensiva.

–No habrá problema alguno. Yo me encargo de los acompañantes –dijo tras unos segundos empleados en la revisión de sus compañeros.

–¡Menos mal! –exclamó Laita–. Sería el colmo que nuestros propios ayudantes nos impidieran seguir adelante.

La joven estaba ansiosa por comenzar. Incluso antes del fracaso de Carso, ella había sido partidaria de poner en práctica el plan sin comunicarlo a las autoridades. Por supuesto, no se había atrevido a manifestarlo abiertamente, siempre por temor a la presencia continua de los espías. Así era como ella consideraba a los acompañantes, incluido al suyo, al que procuraba sacar del apartamento solo lo justo para que no la consideraran una rebelde. A pesar de todo, estaba segura de que Carso conocía sus pensamientos.

–Partiremos en dos días –dijo Carso seguro de que Nartis controlaba las unidades sintéticas.

–¿Dos días? –preguntaron todos escandalizados.

–¿Cómo vamos a hacer los preparativos en tan poco tiempo? –preguntó Salmiya.

–¡Es una locura! –exclamó Gómel–. Sin atender a todas las posibles variantes podemos conduciros a una muerte certera.

–Deberíamos tomarlo con más calma –añadió Vesticor.

Carso negó con la cabeza.

–Ayer tarde una nave de transporte de material de construcción se averió providencialmente. Se organizó un buen revuelo en el fondo submarino cerca de los invernaderos.

Laita asintió con la cabeza. Ella se encargaba del mantenimiento del invernadero de algas, Lasal. Explicó cómo unos operarios intentaban arrancar una nave que yacía inmóvil al otro lado de la pared transparente.

–Está en el taller –explicaba Carso–. En dos días estará lista de nuevo. Será fácil subir a ella y emprender el viaje. Nadie nos detendrá. Pensarán que voy a trasladarla.

Notorius aplaudió con todas sus fuerzas. Estaba más que harto de la limpieza exterior de Proteo. Sabía que había nacido para algo mucho más importante. Aquella era la oportunidad que necesitaba para demostrarles a todos que así era.

–¿Estáis completamente decididos? –preguntó Ternope preocupada.

Laita, Carso y Notorius se cruzaron una mirada cómplice y sonrieron.

Más que decididos estaban ansiosos.

–Está bien –dijo Salmiya dirigiéndose a los ordenadores–. Ahora mismo comenzaremos con el trabajo. Gómel, encárgate de estudiar las variaciones climáticas de la superficie. Es importante conocer las previsiones meteorológicas. Ternope, necesitamos planos, mapas y un estudio exhaustivo de lo que se halla sobre nuestras cabezas. Vesticor, tendremos que cargar la nave con todo lo necesario: víveres, algún tipo de armas y herramientas. Ya veremos lo que podemos encontrar. Creo que vosotros tenéis suficiente con relajaros y prepararos mentalmente para la aventura.

Los tres jóvenes sonrieron. Notorius golpeó amistosamente la espalda de sus dos camaradas.

–¡Somos los mejores! –dijo–. ¡Proteo hablará muy pronto de nosotros!

Carso sonrió. A él no le importaba la fama ni la gloria. El motivo por el que no podía permanecer inactivo era que amaba demasiado aquella sociedad y el espíritu de lucha que hasta entonces la había caracterizado. Su padre le había hablado un millón de veces de los pioneros, del carácter de aquella gente aguerrida que había transformado el mundo en constante conflicto. En Proteo ya no quedaba nadie que recordara la emoción de la lucha. La comodidad y el anquilosamiento habían conquistado la ciudad submarina.

Laita contemplaba ensimismada los dedos de Salmiya volando sobre el teclado. No podía comprender cómo había decidido quedarse.

–Quieren tener hijos... –se dijo.

La idea le pareció aterradora. ¿Cómo era posible que alguien tuviese la intención de traer niños a aquella cárcel? Proteo 100-D-22 era una prisión para Laita. Un presidio estrecho y agobiante donde ya no se podía respirar. Tenía que huir. Ese era el motivo de que deseara formar parte de la expedición.

Ella y sus dos amigos serían los primeros fugitivos de

Proteo. Recorrerían millas necesarias y atravesarían el océano si era necesario, pero al final emergerían y el sol y el aire de la tierra le rozarían la piel. Casi no podía esperar ni un minuto más. Si por ella fuera, se marcharían en aquel mismo instante.

–Somos inmunes al virus ET. ¿Qué nos retiene, entonces, bajo las aguas? –pensaba.

Allá arriba había un mundo fascinante que los aguardaba. Era necesario que huyeran. Ellos serían los primeros. Laita estaba segura de que tras ellos vendrían otros. La tierra era grande y hermosa. No tenía sentido permanecer sepultado bajo el océano eternamente.

–Quizá encontremos gente –murmuró sintiendo cómo un escalofrío de emoción la recorría de arriba abajo.

Carso escuchó sus palabras sorprendido. La verdad es que no había considerado esa posibilidad: que existiesen otras culturas distintas a las de Proteo se le antojaba casi de ciencia ficción. Por un instante, pensó si no sería peligroso para la ciudad que alguien conociese su existencia. Estos pensamientos lo sumieron en terribles dudas.

Notorius no las compartía en absoluto.

–¡Esto va a ser lo máximo, chavales! ¡Lo máximo! ¡Estoy seguro!

III

Los preparativos habían comenzado, aunque Carso hubiese preferido que los realizara el Central.

Disponían de los más destacados científicos, los más cualificados especialistas y las mejores naves para emprender la larga y dura travesía a la superficie. Ése era el proyecto que el joven quiso exponer en la sala Azul y del que nadie quiso oír hablar. Ahora deberían realizarlo con los escasos medios que tenían al alcance.

La mayor dificultad estribaba, sin duda, en robar la nave. El joven estaba seguro de que no habría ningún problema para sacarla del taller. Tardarían casi un día en percatarse de su huida. Esperaba que fuese tiempo suficiente para que ninguna patrulla se aventurase a salir en su busca. A casi todos los proteicos la idea de separarse de su ciudad, aunque fuera solo unos metros, se les antojaba escalofriante.

Nartis solucionaría la cuestión del piloto. Ninguno de los tres estaba preparado para llevar una nave de carga. Era demasiado compleja y pesada. Para Nartis resultaría sencillo.

–¿Y si hubiese gente?

Laita había, sin querer, depositado la semilla de la inquietud en el alma de Carso. Cada minuto que pasaba aumentaba su angustia.

–Tenemos cosas que hacer –les dijo a los integrantes de la tripulación de la futura nave robada–. Mientras ellos investigan debemos prepararnos para partir.

Notorius y Laita sonrieron. La felicidad rebosaba por cada uno de los poros de su piel. Incluso Carso temió que alguien se percatase de que estaban a punto de iniciar una fascinante aventura.

–Será mejor que vayamos a arreglar nuestros asuntos, mientras los demás aporrean los teclados. Esta noche podemos reunirnos para ultimar los detalles.

Todos estuvieron de acuerdo.

Carso se volvió haciendo un gesto para que Nartis lo siguiera. Sumido en oscuras elucubraciones, abandonó el almacén, cuartel general del grupo.

–Nos vamos de visita, Nartis.

–¿En qué dirección? –preguntó el acompañante.

Carso miró hacia sus pies y señaló el suelo.

–¡Hacia el ala de Proscripción!

El acompañante arqueó las cejas sorprendido. Jamás había estado en semejante lugar aunque bien es cierto que lo sabía todo acerca de él.

–¿Visitaremos a tu padre? –inquirió de nuevo.

El huésped asintió esbozando una ligera sonrisa. Era imposible sorprender a Nartis, a pesar de que ponía toda su voluntad en ello.

Ambos penetraron en la sala de ascensores. Un par de ciudadanos con sus respectivos acompañantes se introducía en aquellos instantes en los diminutos cubículos metálicos. Carso demoró sus pasos. No tenía intención de compartir ascensor con ninguno de ellos. Cuando se le presentó la oportunidad, abrió la puerta y entró, seguido de Nartis, en la pequeña y oscura estancia.

No tuvo ni siquiera que pulsar el último botón del tablero de mandos. El acompañante lo activó a control remoto. El ascensor se lanzó a las profundidades y llegó a gran velocidad a su destino. La puerta se abrió de par en par. Nartis y Carso salieron al ala más apartada y misteriosa de toda Proteo. Un lugar donde la gran mayoría de los habitantes de la ciudad esperaban no tener que poner un pie jamás.

–Identificación –preguntó un mecanismo mecánico que flanqueaba la puerta.

Nartis se la proporcionó inmediatamente sin necesidad de voz ni de movimiento.

El artefacto empotrado en la pared permitió, entonces, la entrada de los visitantes.

–Sala cuatro, pasillo P –les dijo.

Esta información no era necesaria. Aunque hacía mucho que el joven no visitaba a su padre, recordaba con absoluta nitidez dónde se hallaba su reducto.

Una puerta blindada cedió ante la cercanía de los visitantes. Un pasillo interminable se presentó ante ellos. Carso y Nartis caminaron por él en total silencio. No se escuchaba ni un solo sonido en el corredor. Las puertas que daban al mismo permanecían todas cerradas y protegían de la curiosidad a los seres que se hallaban recluidos en su interior.

Nartis almacenaba información sin descanso, al tiempo que mantenía toda su atención en las reacciones de su huésped. La inquietud iba en aumento. El flujo sanguíneo se catapultaba desde el corazón a velocidad trepidante. Carso experimentaba una gran tensión.

El acompañante revisó los datos almacenados en una de sus unidades de memoria, sobre el ala de Proscripción. En ella se hallaban confinados algunos humanos considerados «rebeldes sin recuperación» y un grupo de hombres y mujeres muy ancianos que no había permitido que su cuerpo se sometiera a ningún tipo de modificación. La salud en Proteo era un deber, no un derecho. Aun así aquellas personas, que se habían negado a asumir las costumbres de reconstrucción y de juventud de Proteo, eran atendidos por unidades sanitarias en los pabellones más alejados de toda la ciudad. Solo los familiares y amigos que habían solicitado el permiso podían visitarlos con regularidad. Curiosamente las visitas eran más que escasas.

Carso penetró en el pasillo P hasta alcanzar la sala cuatro. Su presencia ante la puerta fue suficiente para que esta se abriera.

–¿Qué tal estás, padre?

Nartis avanzó tras el huésped. Con una rápida mirada examinó la estancia. Desde luego la decoración dejaba mucho que desear: una cama, una mesa, una pantalla empotrada en la pared y un ordenador eran los únicos objetos que había a la vista. En la pequeña puerta que se hallaba a la derecha debía estar el aseo.

El acompañante centró, entonces, la atención en el anciano que se hallaba sentado ante el ordenador. La imagen que almacenó en una de las unidades de memoria se le antojó fascinante. Jamás había contemplado a un anciano, ni en holograma ni en imagen plana. Sus circuitos recibieron un exceso de energía. Era realmente emocionante.

El padre de Carso sonreía afablemente. La hilera de dientes que mostraba estaba teñida de amarillo. Nartis apuntó este detalle por excepcional. El anciano se atusó la larga cabellera blanca como la cera y empujó la silla de ruedas hacia su hijo.

–¡Carso! ¡Qué alegría me da verte!

La mano del hombre era delgada en exceso. Los dedos parecían ramas secas de un árbol muerto. Nartis deseó que se la extendiese a él para poder descubrir la textura de aquella piel, que parecía más sintética que la suya.

–He seguido la sesión del Central desde la pantalla –dijo señalando la que se hallaba en la pared–. Son unos miserables, hijo mío. Me imagino cómo te sentirás tras el revés.

–No tiene importancia, padre –mintió Carso–. He venido a ver cómo te encontrabas.

El anciano estalló en sonoras carcajadas.

–Pues ya ves... Como una momia del antiguo Egipto.

El joven sonrió. Había visto hologramas de esa arcaica civilización en la biblioteca del área Nexus.

–Tengo más achaques que una nave vieja y cada mañana descubro uno nuevo. Estoy haciendo un catálogo sobre ellos. Te sorprendería saber con qué furia se rebela el cuerpo para decirte que está agotado.

–¿Te sientes así, agotado?

–No, exactamente. Me siento viejo y, aunque no sea la sensación más gratificante del mundo, es como debe ser.

Carso permaneció en pie contemplando al anciano. Decidió cambiar rápidamente de conversación. Veía que iba a tener que soportar de nuevo una conferencia sobre la esencia limitada del ser humano, su naturaleza finita y la necesidad de que esa idea permaneciese viva en la mente de cada hombre. Era este el motivo último de su negativa a permanecer rejuvenecido, como casi todos los proteicos. A Carso el tema no le preocupaba lo más mínimo. Aún era joven para perderse en semejantes disquisiciones. Lamentaba, eso sí, que las facultades físicas de su padre hubiesen menguado tan aterradoramente. También le molestaba que fuese uno de los proscritos del ala más recóndita de la ciudad. Sin embargo, respetaba a su padre y lo amaba profundamente.

–Necesito un barrido –murmuró volviéndose a Nartis.

Hubiese sido preferible comunicarse mentalmente con su acompañante, pero Carso no era muy ducho en esta técnica. Le obligaba a un exceso de concentración que no era capaz de mantener por mucho tiempo. Temiendo desconcertar a su acompañante, optó por decírselo abiertamente.

–¿Qué sucede? –preguntó sorprendido el anciano.

–No puedo contártelo, padre. Necesito hacerte algunas preguntas. Son muy importantes. No intentes sonsacarme información. Será mejor para ti que ignores los detalles.

El anciano protestó.

–¡No digas tonterías! ¿Qué crees que pueden hacerme? No duraré mucho tiempo. La muerte no me da miedo. Es natural.

–No estoy hablando de la muerte –le corrigió el joven–. Hablo de que no resistas un interrogatorio. Tu fortaleza mental también flaquea.

El anciano calló.

–¡Está bien! Tu dirás –se resignó.

Carso sabía que, si había alguien que pudiese orientarle sobre lo que encontraría en la superficie, ese era su padre. Había sido, y de algún modo todavía lo era, un prominente científico. Casi todas las modificaciones arquitectónicas de la ciudad llevaban su firma: Latonius. Incluso desde el ala de Proscripción ayudaba a los jóvenes ingenieros que diseñaban nuevas dependencias a una profundidad mayor que las actuales y se encargaban del mantenimiento de las antiguas. La experiencia de sumergirse aún más en las aguas en busca de nuevos yacimientos de minerales no hubiese avanzado un ápice sin su colaboración. Las condiciones del exterior marino fueron el tema de investigación de Latonius durante toda su vida. Aunque también se había centrado en otras cuestiones relativas al planeta Tierra.

–¿Hay información en Proteo del virus ET? –disparó Carso sin dilación.

El anciano resopló. Ya no necesitaba que su hijo le informara de lo que se traía entre manos.

–¡Impresionante! –murmuró.

Carso no supo cómo interpretar esta exclamación.

Latonius giró la silla en dirección al ordenador.

–Por supuesto, existieron investigaciones confidenciales y absolutamente secretas sobre eso. Como comprenderás, en Proteo se sabía que el virus ET aniquilaba a hombres y animales, y se temía que afectase a la vida marina, pues acabaría con la ciudad y su entorno. Por fortuna no fue así. De los propios seres submarinos se extrajo la vacuna. Sirvió para inmunizar a los habitantes de Proteo y a sus descendientes, pero llegó tarde para el resto de la humanidad.

–¿Tienes información sobre el estado de la vida en la superficie terrestre?

El anciano negó con la cabeza.

–Manejé informes de años posteriores a la catástrofe. El calentamiento del globo produjo una desertización general, la vida inteligente y animal desapareció de la faz del planeta y miles de millones de cuerpos se descompusieron por doquier y envenenaron la atmósfera. El panorama debió ser estremecedor. Se pensó que, durante siglos, la vida en la superficie sería tan terriblemente dura que no tendría ningún sentido para nosotros. Después, el interés por la superficie terrestre decayó por completo. Había que solucionar problemas propios y asegurar la continuidad de nuestra civilización. Personalmente no me ocupé más que de investigaciones submarinas. Aún hoy queda mucho por descubrir y aprender del entorno que nos rodea.

–¿Piensas, entonces, que la superficie terrestre sigue siendo en su totalidad un desierto inhóspito?

–No, exactamente.

Carso comenzó a inquietarse. Necesitaba respuestas claras y rotundas.

–¡Explícate, por favor! –le instó impaciente.

–Es posible que el clima se haya suavizado un tanto. Han transcurrido muchos siglos sin emisiones de gas por parte del hombre. La Tierra tiende a regularse por sí misma. Nosotros hemos detectado cierto enfriamiento de las aguas.

Había llegado el momento de la principal pregunta, la que había motivado aquella visita.

Carso se volvió hacia Nartis para asegurarse de que el barrido seguía en activo.

El acompañante así lo confirmó con un gesto.

–Padre, ¿crees que vive gente en la superficie?

–¿Supervivientes? –dijo el hombre estupefacto.

El anciano lo veía ahora todo mucho más claro. Obviamente su hijo tenía intención de abandonar Proteo 100-D-22; la inquietud que mostraba provenía del temor a la existencia de vida.

–Es importante para mí, padre. ¡Muy importante! Estoy orgulloso de nuestro mundo. Adoro las paredes de Proteo; amo cada uno de sus recovecos. Jamás haría algo para perjudicar nuestra sociedad. Tú lo sabes muy bien –el anciano asintió–. Solo deseo engrandecer nuestra civilización. No puedo comprender cómo prefiere vivir ignorando lo que hay a su alrededor. La Tierra es muy grande. ¿Por qué no

permitir que las familias tengan hijos libremente y que se establezcan en nuevas Proteos? ¿Me comprendes? Encerrados en nuestras cúpulas, mirándonos el ombligo, no tardaremos en debilitarnos y desaparecer. ¡Debemos despertar y crecer! ¡Alguien tenía que dar el primer paso!

–Y serás tú –dijo su padre con evidente orgullo–. Será peligroso.

–Lo sé. Quizá ni siquiera consigamos acercarnos a la superficie, seremos un precedente y puede que haya otros que se lo planteen. Tú mismo me decías cuando era niño que no es posible ponerle puertas al mar. Una vez demos el primer paso, será imposible detener la avalancha.

–¿Pondrías en riesgo tu vida?

–Lo haría, sí –respondió el joven sin dudar.

El anciano sonrió. Nunca se dio cuenta de lo parecidos que eran. Había traído al mortecino mundo de Proteo a un luchador incansable. Latonius jamás se había sentido más orgulloso en toda su vida.

–Me gustaría poder ayudarte aportando datos exactos. Siento comunicarte que ni en este cuarto ni en toda la ciudad los hallarás. Es posible que haya habido supervivientes al virus ET. Siempre han existido personas inmunes a determinadas enfermedades, que fulminaban al resto de sus congéneres. Hace miles de años que ocurrió la catástrofe, pero puede que haya descendencia de aquéllos. ¡Quién sabe! Lo único que puedo negar rotundamente es la existencia de alguna tecnología como la nuestra.

Es ridículo pensar en ello ya que jamás hemos detectado señal alguna de la actividad de ninguna cultura.

–Quizá si existan sean tan cerradas como la nuestra.

–Aun así se me antoja difícil. La existencia de una comunidad submarina sería fácilmente detectada desde la superficie, si se dispusiese de los medios adecuados. Lo mismo ocurriría en caso contrario. No obstante, solo son especulaciones. Si quieres averiguar si hay vida sobre la superficie terrestre deberás salir a comprobarlo.

El anciano se volvió hacia el teclado. Tras introducir unos extraños comandos en el ordenador, la pantalla mostró un mapa muy antiguo.

–Nartis –dijo el hombre–. Esta información es importante.

El acompañante se dispuso a almacenarla.

–No encontrarás estos mapas en la biblioteca de Nexus. Me pertenecen. Los elaboré de memoria a partir de los datos de los archivos centrales de Nexus.

–¿Así era la Tierra antes de la catástrofe? –preguntó el joven aproximándose a la pantalla.

–¡Exactamente! Aquí estamos nosotros, en la cordillera del océano Atlántico. El nivel de los océanos ha subido unos 69 metros desde que hice este mapa, pero eso no impedirá que toquéis tierra con relativa facilidad.

Carso sonrió.

–¡Nos vendrán de maravilla!

-¿Irás solo?

Carso negó con la cabeza pero, por precaución no pensaba darle el nombre de sus compañeros.

–Me alegro. Es bueno tener compañía. Bueno, me refiero a compañía humana –se corrigió inquieto.

El anciano parecía pedir disculpas a Nartis. Su relación social con los biorrobots era difícil. Ignoraba cuál era la actitud adecuada que debía adoptar con esos seres sintéticos que, para él, no dejaban de ser aparatos que podía montar y desmontar con relativa facilidad.

El acompañante sonrió demostrando su buena disposición.

–Tengo que marcharme ya –dijo Carso–. Me quedan muchas cosas por hacer.

–Lo entiendo, hijo.

Latonius se aproximó con la silla hasta el joven. Con un gesto le indicó que se inclinara.

–Abraza a tu padre –le dijo.

Carso no se demoró. Se fundió en un entrañable abrazo con aquel anciano de olor rancio.

Nartis contemplaba la escena con una reacción, aunque sintética, cercana a la emoción. ¡Cuánto hubiese deseado ser él el abrazado por el anciano! La experiencia era a todas luces estremecedora.

IV

Carso y Nartis abandonaron en silencio el área de Proscripción. El joven iba sumido en negros pensamientos. La posibilidad de contactar con otra cultura lo inquietaba enormemente. La paz y el sosiego que reinaban en Proteo 100-D-22 podían verse quebrantadas por este descubrimiento. Incluso podía estar en peligro la vida de la ciudad submarina. Aun así, la duda no lo apartó de sus planes.

–Lo primero será llegar, y no va a ser nada fácil –murmuró Carso.

–Llegaremos –respondió Nartis.

El joven se volvió sorprendido al acompañante. El biorrobot parecía más decidido y emocionado con la idea del viaje que el propio Carso. Durante un instante, se preguntó hasta qué punto las sensaciones de Nartis no eran más que réplicas de baja calidad de las humanas.

–Pareces muy convencido –le dijo mientras entraban en el ascensor.

–He pensado mucho en ello y creo que lo tengo todo perfectamente planeado –afirmó el acompañante con cierto orgullo.

Carso sonrió. A veces, tenía que realizar grandes esfuerzos para recordar que Nartis no podía ser considerado un amigo.

–¿Contamos con los demás acompañantes? –preguntó–. Es una cuestión importante que deberíamos considerar.

El joven se encogió de hombros. No había pensado en ello.

–¿Cuál es tu opinión al respecto? –le preguntó al tiempo que abandonaban el ascensor.

–Desde luego, la última palabra es siempre la tuya, Carso, aunque serían de gran ayuda.

El joven arrugó el ceño. A Laita no le iba a gustar la noticia de que el pasaje podía aumentar.

–¿Te preocupa Laita? –inquirió Nartis, haciendo una vez más alarde de sus capacidades.

Carso evitó sorprenderse, simplemente asintió.

–No es muy partidaria de los acompañantes.

–Si se me permite decirlo, no acierto a comprender el motivo de sus reservas.

Como era habitual, Nartis se manifestó, se le permitiera o no. Carso disfrutaba al descubrir en él evidentes síntomas de iniciativa propia, pero comprendía que a la mayoría de humanos le molestara.

La puerta del almacén permanecía cerrada a cal y canto.

Nartis tuvo que identificarse desde el exterior para que Tois, el acompañante de Vesticor, les permitiera la entrada.

La actividad desplegada en el interior de la sala satisfizo enormemente a Carso. Los que habían decidido permanecer en Proteo seguían sintiéndose profundamente identificados con el proyecto. Prueba de ello era la concentración que mantenían sobre las pantallas de sus respectivos ordenadores. Solo se escuchaba el teclear constante de los ágiles dedos de los cuatro muchachos.

–¿Cómo va todo?

Salmiya levantó la cabeza para saludar al recién llegado.

–Avanzamos con velocidad. Realmente teníamos todos los detalles casi ultimados para presentarlos al zenit en la sala Azul. Lo único que nos resta es actualizar los datos variables.

–Hemos preparado la información para que Nartis la almacene en cuanto te parezca oportuno –dijo Gómel.

Ternope se levantó de la silla para estirar las piernas.

–Creo que deberías aguardar hasta el último momento. Aunque Nartis pertenece a la generación 23, bien podía disponer de un rastreador que terminara por delatarnos.

El acompañante de Carso, que permanecía en pie al lado del resto de los biorrobots, apretó los dientes molesto.

–No tengo constancia de semejante implante.

–Para que surtiera efecto, sería fundamental que desconocieses su existencia. Desde luego, por iniciativa propia, sería imposible que delataras a tu huésped.

Nartis abrió la boca para replicar. La expresión de su rostro denotaba cierto malestar.

Carso le impidió continuar la discusión. Si había alguien que supiera de inteligencia artificial era Ternope. Su trabajo lo llevaba a cabo en el laboratorio central de Nexus, en el ala de biorrobótica. Si ella decía que era aconsejable aguardar para introducir la información en la unidad central de Nartis, se haría exactamente así.

–La clase T nos ha salido muy beligerante –dijo la muchacha mirando de soslayo al acompañante.

Nartis hubiese deseado responderle. Se contuvo en el último momento. No porque dispusiese de un elemento coactivo entre sus circuitos, sino sencillamente porque lo había considerado más prudente.

–Notorius está al otro lado de la puerta con Lacemis –anunció Tois.

Vesticor le indicó que les abriese.

El joven encargado de mantenimiento exterior penetró en la estancia como una avalancha, cargado hasta los topes.

–Me he traído a Lacemis. No podía con todo yo solo. ¿Qué os parece? –preguntó depositando una enorme caja plástica en un rincón del almacén.

–¿Se puede saber que es todo eso? –se interesó Carso.

–¡Comida! ¿Qué otra cosa iba a ser? Tenemos que estar preparados para lo peor. Imaginaos que tardamos en llegar o que en el exterior no hay nada que tragar. ¡Eso sí que sería una catástrofe! ¡Yo, sin estofado de marteres, no puedo pasar!

–¡Has perdido por completo la cabeza! ¿Crees que esto es una excursión a un valle marino?

Carso era el único que no había recibido con una sonrisa la idea de Notorius. A pesar de que era bien conocida su afición por la buena mesa.

–Con unos comprimidos proteínicos sería más que suficiente. ¿A quién se le ocurre cargar con alimentos precocinados en una expedición peligrosa?

–¡Tranquilo, chaval! No sé qué tripa se te ha roto. No hay nada de malo en llevar un poco de buena comida. Vamos a viajar en una nave de construcción. Está preparada para cargar inmensas tonelada y solo transportará a unos cuantos individuos. ¿Qué daño pueden hacer unas cajas de buen estofado?

Hasta los acompañantes sonreían. A Gómel y a Ternope se les saltaban las lágrimas de la risa. Salmiya y Vesticor no se quedaban atrás.

Carso, turbado, se pasó la mano por el rostro. Parecía que ninguno de los presentes se había percatado del peligro que corrían. Notorius continuaba con sus gracias y su glotonería de siempre, y los demás seguían riéndole los chistes. Aparentemente, solo él estaba muy preocupado.

–Has hecho bien en traer a Lacemis. He pensado que sería prudente que embarcáramos también a vuestros acompañantes.

Notorius, sorprendido, emitió un silbidito.

–¿Quién se lo dirá a Laita? No creo que esté de acuerdo.

Carso resopló. ¡Qué poco le apetecía comenzar la expedición con una bronca con Laita! Ya se imaginaba los gritos. Ni siquiera su acompañante podría evitar que se escucharan en el Nexus.

El joven se volvió buscando un aliado. Repentinamente, todos tenían muchas ganas de trabajar. Se sumergieron en los teclados a una velocidad asombrosa. Notorius, al percatarse de que era el único que estaba mano sobre mano, ordenó a Lacemis que le ayudara a transportar la carga a otro lado del almacén, que de pronto le pareció más adecuado para apilar las cajas de estofado de marteres.

–Muchas gracias –murmuró Carso.

Afortunadamente el cerebro del joven no descansaba nunca, y menos cuando intentaba eludir una discusión con Laita.

–Nartis, comunícate con Aramis y pregúntale si puede ver a Laita.

–Está en su departamento –contestó el biorrobot casi instantáneamente.

–Indícale que sería interesante que la acompañara hasta el almacén, que tú se lo has propuesto.

–¿Y si se niega?

–¡Que insista!

–Creo que los tímpanos de Aramis están sufriendo una terrible descarga –dijo Nartis esbozando una leve sonrisa.

–¡Eres un genio, chaval! –exclamó Notorius golpeando enérgicamente la espalda de su amigo–. Contigo me embarcaría a cualquier destino. ¡Estoy deseando largarme!

–Espero que te des cuenta de que no va a ser un paseíto –intentó advertirle Carso.

–No soy un idiota. Bueno no demasiado idiota. Si fuera más inteligente, por supuesto que me quedaría en casita mirando la pantalla todo el día –dijo sonriendo–. A una expedición como la nuestra solo se apuntan los que les falta un tornillo. A mí me falta alguno más. Espero que eso no sea un impedimento.

Carso sonrió. Bajo la apariencia alocada de Notorius se escondía un ser humano cariñoso, amable y, quizá, mucho más sensato de lo que sus amigos suponían.

–¿Cuándo pensáis que podrían estar terminados los preparativos?

Gómel consultó con sus compañeros de ordenador.

Al fin decidieron que, a más tardar, al día siguiente tendrían las coordenadas, los datos meteorológicos de las previsiones para varias semanas, los mapas físicos y los estudios de presión.

–Afortunadamente la nave de construcción dispone de sistema de descompresión. La gran mayoría de los vehículos no cuenta con ella porque están diseñados solo para trasladarse por las cercanías de Proteo.

Carso se felicitó por la fortuna de que una nave con sistema de descompresión estuviese aguardándoles en el taller de reparaciones, tan cerca de ellos.

–Supongo que poco más nos queda por decir. Mañana nos reuniremos aquí en el primer descanso de la jornada para despedirnos. Después, nosotros partiremos.

–¡Hacia lo desconocido! ¡A vivir la aventura! ¡A recorrer el mundo!

Notorius brincaba sujeto a las manos del acompañante Lacemis. Carso se preguntó si el biorrobot compartiría también el gusto por las tonterías del huésped, o bien sufría en silencio los ataques de Notorius.

–Tenemos un problema, Carso –anunció Nartis.

El joven se volvió hacia su acompañante, que estaba de pie junto a la pared del almacén.

–Laita ha sido interceptada.

–¿Interceptada? –repitieron todos.

–Aramis me informa de que... –Nartis calló como si tuviese dificultades en la comunicación.

–¿Qué demonios sucede aquí? –le increpó Carso muy nervioso.

–¡Deprisa, ocultad y proteged los datos de los ordenadores! Laita viene hacia aquí acompañada de Arginal.

Aquel nombre cayó en el almacén como una bomba. Sus rostros perdieron color. Los jóvenes se apresuraron a cerrar las puertas traseras de sus ordenadores, esperando que éstas fuesen lo suficientemente seguras para soportar la revisión de Arginal.

–Abrid el almacén, que no parezca que ocultamos algo –ordenó Carso.

Tois fue el encargado de quitar el precinto de la entrada.

Notorius observó aterrado las cajas de estofado apiladas en un rincón. Le iba a ser difícil justificar el aprovisionamiento de víveres. Lo único que se le ocurrió fue sentarse sobre ellas, coger una, abrirla y disponerse a saborear el contenido.

Carso se sentó en el sofá simulando descansar tranquilamente. Nada distaba más de su estado real. La enemistad del joven y la jefa de seguridad del Central de Nexus era bien conocida por todos. El puesto de máxima responsabilidad que ella ostentaba era el que, según los miembros del grupo y otros ciudadanos cualificados, le correspondía a Carso por sus dotes en el trabajo. Sin embargo, la capacidad diplomática y camaleónica de Arginal no solo era importante, sino fundamental para ascender entre los entresijos de la burocracia. Carso tenía obvias deficiencias en ese aspecto, tal y como había demostrado en la sala Azul.

–No podía ser todo tan fácil –pensaba el joven.

Nartis lo contemplaba con los circuitos un tanto agarrotados. El malestar del huésped siempre lo incomodaba, pero, además, en el fondo de la unidad central temía que la aparición de Arginal pusiese fin a la gran aventura que todos, incluso él, ansiaban.

V

La puerta del almacén se abrió de par en par y cuatro seres, dos humanos y dos acompañantes, penetraron en la sala.

Como no podía ser de otro modo, Arginal abría la marcha. Su amplia y estremecedora sonrisa blanca alumbraba y sobrecogía a todos los reunidos. La esbelta mujer de cabello anaranjado, recogido en un altísimo moño parecía sacarle varios metros a sus congéneres. Porton era el nombre del archiconocido acompañante de la jefa de seguridad del Central de Nexus. A diferencia de Proteo y de los demás proteicos, que solían elegir biorrobots de su mismo sexo, la joven había elegido un modelo de apariencia masculina o quizá más bien andrógina. Porton mostraba un aspecto tan escalofriante como el de su huésped. Los rasgos del rostro habían sido borrados de tal manera que el ser sintético parecía llevar una máscara negra sobre sus facciones reales. La pareja, vestida de negro de pies a cabeza, precedía a una Laita y Aramis absolutamente aterradas.

Los ojos vidriosos de Arginal recorrieron uno a uno a los integrantes del grupo y revisaron, con detenimiento, la dependencia en la que se reunían. Al final a la jefa de seguridad de Nexus no le quedó más opción que prestar la debida atención a su subordinado.

–¡Carso! ¡No sabes cuánto me alegra verte! –exclamó tendiéndole las palmas de ambas manos de frente para que el joven las rozara en prueba de falsa camaradería.

Carso dudó unos instantes. El contacto con la piel marmórea de Arginal podía conseguir que se desmayara.

–¿A qué debemos el honor de tu visita? –preguntó resignado a tenderle las palmas.

–Supongo que no es necesario un motivo especial para que dos colegas y amigos se visiten –explicó la mujer de hielo sin dejar de sonreír–. Tenía mucho interés por conocer el famoso almacén de la asociación Océano Neptuno, centro de investigación y cultura muy destacado en la ciudad.

Los ojos de Porton estudiaban el contenido de la estancia con minuciosidad milimétrica. Notorius perdió repentinamente el apetito y continuó tragando el estofado de marteres a desgana.

–¿Y qué es de tu vida, amigo Carso? ¿Cuál es la actividad que ocupa últimamente a tu grupo?

–La conoces de sobra, Arginal. Estabas en la sala Azul cuando intenté exponer nuestro proyecto.

–Sí, creo recordar que fuiste interrumpido. ¡Una lástima! Estoy segura de que el interés de tu trabajo es enorme.

Quizá tendrías que exponerlo ante una compañera.

–No sé qué es lo que pretendes –replicó Carso con evidente nerviosismo.

Aquella mujer conseguía sacarlo de sus casillas. Decir que la detestaba era decir poco. Desde la infancia había establecido unilateralmente una competición permanente por superar al joven. Hasta el momento en que fue elegida jefa de seguridad central de Nexus, la fortuna se había inclinado siempre favorablemente a Carso. Sin embargo, la falta de diplomacia del joven lo había relegado al puesto que ocupaba. No se quejaba de ello, ni mucho menos. Le gustaba su trabajo y no tenía aspiraciones de poder como Arginal. No obstante, desde entonces, la repulsión que sentía por la mujer se había incrementado debido al sinfín de obstáculos que esta acostumbraba a poner en su camino profesional.

–Nuestras investigaciones son sobradamente conocidas en Nexus –intervino Laita–. Como ya sabrás, tenemos obligación de cubrir un informe sobre el motivo de acopio de datos. ¡Es la ley, Arginal!

La mujer se volvió para sonreír a su interlocutora.

–Ignoraba que los de los invernaderos supieseis tanto de leyes –le dijo despectivamente.

Carso cerró inquieto los ojos. Suplicó en silencio para que Laita fuese capaz de controlar su genio.

La muchacha detestaba aún más que Carso a la jefa de seguridad central de Nexus. Según Notorius, el motivo de su rivalidad no era otro que el propio Carso. Aunque jamás se había atrevido a manifestar su opinión delante de la chica, pensaba que tanto Arginal como Laita sentían cierto interés especial por el joven encargado de seguridad. Este nunca había pensado en los sentimientos que podía sentir su amiga hacia él. Y la sola idea de que una mujer, que solo vivía para ponerle la zancadilla, pudiese sentir por él alguna cosa más que odio y repulsión le resultaba completamente descabellada.

Arginal clavó su mirada en Salmiya y su compañero.

–¡Enhorabuena! –les dijo–. Parece que habéis entrado en la lista de espera de paternidad.

Los dos jóvenes perdieron repentinamente el color.

–Lástima que el parabién se demore tanto tiempo. Os sorprendería saber cuántos casos hay de esperas prácticamente eternas.

–¿Qué es lo que pretendes? –gritó Carso sin poder contenerse–. ¿Has venido a amenazarnos?

–¡Tranquilízate, amigo mío! –dijo sin perder ni un instante la compostura–. Nada más lejos de mi intención. ¿Por qué tendría que amenazaros?

–¡Exactamente es eso lo que queremos saber! –gritó Laita tras ella–. Has proferido amenazas veladas desde que me interceptaste en el pasillo. ¿Es que os da igual haber boicoteado nuestro proyecto? ¿No os parece suficiente echar por tierra todo nuestro trabajo? ¿Qué más queréis de nosotros?

Aramis, la acompañante de la chica, se apresuró a rozar suavemente el hombro de su huésped para tranquilizarla. Todos sabían que de un enfrentamiento con Arginal no podría surgir nada bueno.

–Siempre me han gustado las mujeres con carácter –dijo la jefa de seguridad, como si no fuera en absoluto cierto, al tiempo que se giraba para ignorarla por completo.

–Creo que ya es suficiente –dijo Carso–. Si tienes algo que decirnos es el momento, si no creo que puedes dar la visita por concluida.

Arginal iluminó aún más si cabe su sonrisa.

–¿Qué significa ese acopio de víveres? –dijo señalando las cajas y al propio Notorius.

–Es estofado de marteres –explicó este con la boca llena–. Deberías probarlo. ¡Un verdadero manjar! Como ves, yo no puedo pasar ni un minuto sin probar bocado.

La mujer lo fulminó con la mirada. Notorius, como respuesta, se metió una nueva porción del delicioso estofado en la boca.

–¡Mmm! ¡Buenísimo! –exclamó.

–Déjate de tonterías, muchacho. Supongo que no querrás tener turno doble de limpieza de paneles.

–¡Ya está bien! –intervino Carso–. Ya has hecho suficientes amenazas. ¿Tienes acaso un permiso oficial para la inspección?

–No necesito un permiso especial para visitar a los amigos –dijo sonriente–. Y mucho menos para advertirlos amigablemente de lo peligroso que es saltarse las reglas. En Proteo 100-D-22 no solo existen ancianos proscritos. También podemos proscribir y tratar a los que no se someten a las normas.

–Lo sabemos muy bien –dijo Carso acercándose a la mujer.

Arginal, en vez de retroceder, avanzó hasta el joven. Los ojos de ambos se clavaron. Chispas parecieron brotar de la colisión.

–He venido a avisarte, Carso. Te vigilo estrechamente –el tono de voz de la mujer iba bajando de intensidad y transformándose en un susurro cavernoso–. No perderé la oportunidad de aplastarte, de arrastrarte ante el Central, de vejarte ante toda Proteo. Quiero que la ciudad entera sepa que el lugar de tu estirpe está en el ala de Proscripción. No descansaré hasta verte encerrado en ella como tu padre.

El rostro de Carso se inflamó. Sus puños se cerraron.

Arginal dibujó en el aire con su brazo un círculo de despedida. Giró rápidamente sobre sus pasos y abandonó la estancia seguida del silencioso y andrógino Porton.

Nartis salió del rincón del almacén en que estaba para sujetar a su huésped.

La puerta se cerró tras la desaparición de los intrusos. Un suspiro general brotó de las secas bocas reunidas en el almacén.

VI

–¡Estamos perdidos! –gritó Vesticor abandonando la silla del ordenador de un salto–. ¡Nos va a aplastar como si fuéramos pequeñas algas molestas!

–Por favor, tranquilízate –le decía Salmiya asiéndole de la mano.

–No puedo. ¿No la has oído? Nos negarán la posibilidad de ser padres.

–¡Vamos, Vesticor! Debes relajarte. Ella no tiene tanto poder –dijo Laita.

–¿Que no? –ahora era Ternope la que gritaba–. Arginal tiene capacidad para eso y para otras muchas maldades. No parará hasta que Carso esté encerrado en el más recóndito reducto de Proteo.

Carso se dejó caer en el sofá desfallecido.

–Es culpa mía –murmuró–. El proyecto le es indiferente. Solo piensa en hundirme. Os he puesto en peligro.

–¡Carso! –exclamó Laita corriendo al sofá–. ¡No quiero oírte decir eso! Arginal es ambiciosa y muy lista. Sabe que nuestro proyecto tendría consecuencias impredecibles. Si son positivas, no querrá perdérselas.

–No es eso. Solo está esperando a que dé un traspié para aniquilarme. Los que estéis a mi lado estáis bajo sospecha.

–¿Sigue funcionando el barrido? –preguntó Gómel preocupado.

Nartis asintió con la cabeza.

El joven tomó aire para hablar.

–Tenemos que suspender la expedición. Creo que lo más conveniente es precintar el almacén y disolvernos durante un tiempo. Si se percatan de que dejamos de reunirnos, se olvidarán de nosotros.

–Es una buena idea –corroboró Salmiya–. Tenemos mucho tiempo. Quizá en otra época encontraremos apoyos en la sociedad.

–¿Es posible que habléis en serio?

Notorius escupió en una papelera el resto de un bocado de marteres. No podía gritar con la boca llena.

–¡Sois una pandilla de cobardes! ¡Os largáis y abandonáis la nave ante la primera dificultad! Arginal es un ser repulsivo que debe ser destituida de su cargo inmediatamente. Es Carso el que debería ostentar su puesto. Cuando regresemos de la expedición victoriosos, nadie lo dudará. Arginal no podrá renovarse en la jefatura y se hará justicia. ¡El proyecto debe seguir adelante por ello y porque no pienso volver a lavar ventanas nunca más en mi vida! ¡Estoy harto de vivir como un pescado! ¡Quiero salir a la su-

perficie y tomar el sol como he visto que se hacía en tiempos remotos! Si aquellos seres primitivos tenían derecho a disfrutar de un placer semejante, ¿por qué nosotros no?

–Porque somos cobardes –añadió Laita–. Por eso permanecemos encerrados en las profundidades del océano protegidos del mundo por nuestras propias cúpulas irrompibles. Ya es hora de despertar y echar un vistazo al exterior. No pienso disolver el grupo. Si tú no quieres venir, Carso, es asunto tuyo. Yo me largo con Notorius.

Tras esta intervención de Laita, el almacén quedó en absoluto silencio. Las dos parejas miraban al suelo avergonzadas. Carso, en el sofá, ocultaba su rostro entre las manos.

–Me siento responsable, Laita –murmuró.

–No quieras ser más responsable de lo que realmente eres. No podemos negar que eres nuestro líder, pero no te atribuyas más capacidad que ésa. Nosotros somos individuos y pensamos por nuestra cuenta.

Carso contempló el rostro juvenil de aquella dulce cuarentona. La hubiese abrazado y besado de haber estado en otro lugar, quizá en otro tiempo y en otro mundo. En Proteo, antes de hacer algo así, las parejas debían sentarse y hablar durante horas para aclarar posiciones.

El joven se levantó al fin del sofá. Observó a sus amigos cabizbajos.

–Lo sentimos mucho –dijo Salmiya–. No quiero que pienses que queremos dejarte en la estacada.

–Lo sé –dijo Carso–. Habéis hecho más de lo necesario. Habéis arriesgado mucho. Tenéis mucho que perder.

Gómel se aproximó a su amigo y lo abrazó tiernamente.

–Siempre te apoyaremos.

El joven estrechó a su camarada pensando que había llegado la hora de decidir los pasos que deberían dar.

–Disolveremos el grupo –anunció.

Laita y Notorius abrieron la boca para protestar. Carso los contuvo con un gesto.

–La expedición seguirá adelante según los planes. Nartis recogerá los datos ahora mismo y, cuando salgamos por esa puerta, cada uno volverá a sus quehaceres y se olvidará de esto mientras viva. Los viajeros nos reuniremos a media noche en el área de Recreo, distrito V, dispuestos a poner en práctica el proyecto.

Laita y Notorius se abrazaron alborozados, con uno de esos abrazos que no precisa parlamento anterior. Sus gritos fueron mitigados rápidamente por la acción insonorizadora de Nartis.

Ternope fue la encargada de transferirle toda la información que hasta el momento habían recabado.

–Espero que sea suficiente. Ojalá no nos hayamos olvidado de nada importante –dijo.

Ya no quedaba nada más que hacer en el almacén. El grupo estaba a punto de disolverse para siempre. Allí quedaría el cómodo sofá, los ordenadores y los recuerdos de jornadas de trabajo, risas y camaradería.

La emoción era evidente en todos los rostros: unos se quedarían en Proteo; otros partirían hacia la aventura.

Nartis revisó, por última vez, las unidades centrales de los acompañantes, que se quedaban en la ciudad submarina. Carso había decidido que era más sensato borrar de los bancos de memoria lo acontecido desde que habían decidido iniciar el viaje.

–Ni rastro –concluyó.

Era el fin. Hasta ese punto habían navegado juntos. Ahora sus caminos se dividían. Había lágrimas en el ambiente; había pena. Los integrantes del grupo se rozaron las palmas de las manos deseándose lo mejor. Cuando la puerta se abrió, ya habían recobrado su estado normal. Aparentemente nada sucedía entre ellos. A los ojos de un extraño, los amigos de la asociación Océano Neptuno abandonaban con el ánimo tranquilo, como de costumbre, el almacén para dirigirse a sus departamentos.

VII

—¡Vamos, Aramis! Tenemos muchas cosas que hacer.

Laita se precipitó al interior del ascensor con intención de ultimar los preparativos. Había cambiado el turno en el invernadero con una amiga para que la dirección no sospechara de su falta. Por tanto, a la mañana siguiente estaría libre y esto les proporcionaría un tiempo precioso para huir sin que se percataran de su ausencia.

La joven realizaba esfuerzos sobrehumanos por controlar las emociones que la embargaban. Sabía que estaba a punto de iniciar la etapa más importante de su vida. Jamás antes había realizado nada digno de mención. Era una trabajadora diligente, pero no excesivamente brillante. ¡Cuánto necesitaba abandonar Proteo! Odiaba aquel lugar. No comprendía cómo era posible que Carso lo venerase tanto. Los motivos del joven para promover la ex-

pedición buscaban a todas luces el bienestar de la sociedad submarina. Él pensaba que su anquilosamiento terminaría por destruirla. Carso solo deseaba impedirlo. Si fuera por Laita, Proteo 100-D-22 podría reventar tras un maremoto.

Detestaba la cárcel en la que vivía. Era lo mismo que hallarse recluido en el ala de Proscripción, pero con un poco más de espacio.

–¿Cómo es posible que Salmiya y Vesticor deseen traer niños a este mundo? –pensaba.

La sola idea de encarcelar a un nuevo ser le repugnaba. La vida debía disponer de espacio para respirar, para actuar instintivamente, para elegir el camino... En Proteo el camino estaba señalizado desde hacía siglos. El que osase a apartarse de la senda terminaba recluido en el ala de Proscripción. Hasta para tener hijos necesitaban un permiso. Para compartir departamento debían elevar una petición formal al zenit. Hasta para darse un tierno beso de amor tenían que consultarlo entre los miembros de la pareja y establecer las normas que regirían inamoviblemente su relación, hasta que alguien las quebrara y precipitara la ruptura que, por supuesto, tendría que ser también comunicada en el Central formalmente.

Laita necesitaba aire. Aquel viaje se lo proporcionaría en cantidad.

Entró en su departamento como una exhalación. Tenía que preparar una bolsa de viaje. No pensaba sumergirse en la aventura sin nada que ponerse.

Para no llamar la atención en el distrito V, eligió una bolsa grande del gimnasio Turbulencias, que se hallaba muy cerca del V y lucía su nombre en letras doradas. Introdujo un par de monos estampados y dos pantalones cortos con sus respectivas camisetas.

–Te llevaré algo mío para ponerte –le dijo a Aramis.

Aunque no era muy partidaria de la compañía de los biorrobots, habían decidido llevarlos y no consentiría que su acompañante se vistiese con los horribles trajes enterizos con los que los demás ciudadanos acostumbraban a cubrirlos.

Una unidad de primeros auxilios fue ocultada en el fondo de la bolsa. Esperaba no tener que utilizarla pero le pareció conveniente incluirla en el equipaje. Los utensilios de aseo personal tenían una dependencia individual en la bolsa del gimnasio. Encontró otra adecuada para gran cantidad de comprimidos alimenticios.

–¡Estamos listas! –anunció al fin–. ¿Cuánto tiempo falta para medianoche?

–Tres horas –dijo Aramis.

Laita pensó detenidamente en qué podría emplear sus últimas tres horas en Proteo. Un montón de rostros queridos pasaron por su mente. Quizá fuese pertinente despedirse de su madre. Tenía tiempo de hacerle una visita, ya que tampoco vivía muy lejos de su departamento. Podía ser la última vez que la viese.

Este pensamiento la sobrecogió durante un instante. En el fondo de su ser, no solo no temía regresar a la ciudad, sino que deseaba no tener que hacerlo. Sin embargo, había posibilidad de que no volviese porque su vida acabara en el camino.

Esta idea sobresaltó a Laita y a Aramis, que detectó en su huésped un torbellino de sensaciones amargas. Jamás había meditado sobre la muerte. Era muy joven. Acababa de cumplir cuarenta y seis años. Aún estaba en la flor de la vida. En Proteo los accidentes eran escasos, así que la idea de morir joven era ajena a su cultura.

Pero el mundo exterior sería diferente.

Laita se estremeció al recordar que en la biblioteca de Nexus había leído que los terrícolas difícilmente habían llegado a alcanzar los cien años y los que habían tenido la fortuna de llegar a esta edad poseían mucho peor aspecto que Lotarius, el padre de Carso, un anciano de varios siglos proscrito por su negativa a seguir rejuveneciendo.

¿Y si al alcanzar la superficie su cuerpo envejecía repentinamente? Era aterrador.

Laita se tocó el rostro observándose en el espejo.

Era una mujer joven y bella. No quería perderlo todo en un instante.

–Aun así, seré libre –murmuró desechando estas terribles reflexiones.

De repente, otro pensamiento vino a angustiarla. La descompresión.

Sobre ese tema había leído largamente en la biblioteca de Nexus.

Proteo se hallaba a más de mil metros de la superficie actual de las aguas, según las últimas mediciones. La base original había sido construida a tan solo cien metros de la superficie anterior al deshielo. En aquellos tiempos remotos, la tecnología no permitía que la vida humana se desarrollara a demasiada profundidad. Habrían de pasar siglos hasta que los científicos de Proteo consiguieran controlar la presión de las aguas, que aumentaba día a día con el deshielo de los polos, y descubrieran el modo de descender hacia las minas de los materiales necesarios para la construcción de una nueva ciudad: la actual Proteo. Las condiciones de los materiales que la componían y la mezcla de aire que se liberaba en la ciudad submarina permitían que la presión no constituyese ningún problema para el desarrollo de la vida.

En sus años de existencia, ella solo había salido al exterior en dos ocasiones y la experiencia no le había atraído en absoluto. Los trajes que debían protegerlos de las bajas temperaturas y de la presión y proporcionarles la mezcla de aire respirable, eran incómodos y, desde el punto de vista de la joven, una maldita Proteo en pequeño: es decir, una cárcel agobiante. No le extrañaba, en absoluto, que de entre todos los miembros del grupo el más ilusionado en partir fuera Notorius. Su trabajo le obligaba a vestirse aquella estrambótica indumentaria varias veces al día. La sensación de soledad y sofoco en el exterior era realmente insoportable.

Pero, al menos, no tenían problemas de descompresión. Aquella palabra había aparecido varias veces en un antiguo manual de buceo, con el que había tropezado en la biblioteca de Nexus. Casi todas las pequeñas naves utilizadas en el exterior de la ciudad no disponían de tecnología alguna para paliar los problemas de cambios de presión. ¿Para qué? Al fin y al cabo, la sociedad proteica no se

caracterizaba por su afán aventurero, ni era amante de los viajes, así que estos pequeños vehículos de traslado se habían pensado para travesías alrededor de la ciudad sin sistema de descompresión.

Afortunadamente, existían naves de construcción de mayor envergadura utilizadas en la carga y el traslado de los minerales de las minas de la cordillera submarina, en la cual estaba asentada la ciudad. Por lo que, a veces, tenían que ascender muchos metros en busca del material y después regresar a la base de Proteo.

–Esa va a ser nuestra nave –se dijo.

Aunque dispusiesen de medios para evitar los problemas de presión, la piel de la muchacha se erizaba cada vez que recordaba el archivo de buceo y su epígrafe sobre el síndrome de descompresión rápida. Según el archivo, este estaba originado por ascender desde las profundidades sin respetar los tiempos de aclimatación a la presión. Con tal acción aparecen pequeñas burbujas e inflamación en el nivel subcutáneo, un fortísimo dolor en diversas partes del cuerpo y parálisis transitoria en ciertas regiones corporales. En ocasiones, las lesiones serían permanentes y, por supuesto, en muchos casos ocasionarían la muerte.

–Realmente la aventura es peligrosa –le dijo a Aramis.

La acompañante asintió con la cabeza.

Ella no sentía el temor que atenazaba a su huésped. Todo lo contrario: no dejaba de experimentar una extraña sensación de bienestar, que le anegaba por completo la unidad central. Estaba segura de que aquello era algo muy parecido a la felicidad de la que tanto había oído hablar.

Al fin había conseguido la atención de Laita y no solo eso: emprendería un viaje fascinante en su compañía. Quizá tuviese la oportunidad de protegerla de grandes peligros. ¿Qué más podía pedir una acompañante?

–¿Cuánto tiempo nos queda?

–Algo menos de tres horas –contestó Aramis.

Laita resopló. Si permanecía un minuto más en su departamento, terminaría por enloquecer. Dejar volar la mente a su antojo no era un buen medio de prepararse para la aventura. En lugar de relajarse se estaba poniendo cada vez más nerviosa.

La mujer aferró la gran bolsa del gimnasio Turbulencias y se puso en marcha.

–Será mejor que vayamos ya camino del distrito V. Esperaremos allí tomando cualquier refrigerio.

Aramis asintió satisfecha. Su vida había dado un giro de ciento ochenta grados. Casi no podía contener las ganas de sonreír. Después de haber permanecido encerrada en el departamento de su huésped día tras día en total silencio y con escasísimas salidas al exterior, en aquellos momentos no solo estaba ejerciendo realmente la labor de acompañante sino que visitaría el área de Recreo de Proteo, de la que tantos datos contenía su memoria.

La vida también podía ser fascinante.

VIII

–Tendrás que abrir remotamente la puerta del departamento –le dijo Notorius a Lacemis.

El joven y el acompañante portaban sendas cajas de estofado de marteres, que el encargado de mantenimiento no tenía intención de abandonar en el almacén tras la disolución del grupo.

Hubiese sido una buena idea entregarle una caja a Vesticor y a Salmiya, y otra a Gómel y Ternope, ya que éstos permanecerían en Proteo y podrían dar buena cuenta del manjar. Ninguno de ellos hubiera rechazado el regalo; nadie en su sano juicio pondría mala cara a un buen estofado de marteres. Al menos esa era la opinión de Notorius. No obstante, el joven optó por quedarse con el cargamento. Primero porque sentía cierto resquemor hacia ambas parejas. Aunque Carso les hubiese agradecido su colaboración, él no estaba satisfecho del todo. Todavía no podía comprender cómo habían sido capaces de abandonarlos cuando comenzaba la aventura.

Notorius estaba seguro de que jamás los volvería a ver. Y de que así sería incluso si el viaje al exterior no se emprendiera. Los había visto tan aterrados y preocupados por la situación que no le extrañaba que pidiesen un permiso para pasar unas vacaciones en la antigua base Proteo, el lugar de moda en los últimos tiempos.

–Poner agua entre nosotros y ellos, amigo Lacemis, será el único objetivo de los cuatro desertores; una tristeza, la raza humana, compañero. Tienes suerte de no pertenecer a ella.

Lacemis asintió sin demasiada convicción. Aunque pertenecía a una generación casi tan avanzada como la de Nartis, capaz de experimentar sensaciones parecidas a las de un humano, jamás había conseguido aproximarse a la euforia que su huésped solía alcanzar un día sí y otro también. El acompañante llevaba a cargo de Notorius desde que este era niño, tiempo suficiente para percatarse de que disponía de una capacidad de emoción más elevada que los demás. Esto hacía sentirse a Lacemis orgulloso de su huésped; pero también, a veces, padecía cierta envidia por experimentar la intensidad de los sentimientos del muchacho.

Notorius entró en el departamento y buscó un lugar donde situar las cajas de estofado.

–Menudo desperdicio –dijo depositándolas en un rincón de la sala.

Los ojos apenados del joven contemplaron al acompañante que apilaba una caja sobre la anterior.

–Se estropearán –musitó.

–Están bien envasados. Podrás disfrutarlos a la vuelta.

Notorius se volvió repentinamente hacia el ser sintético.

–Oye, ¿puedes hacer un barrido como Nartis?

Lacemis asintió sonriendo.

Eliminar posibles escuchas era una operación tan sencilla que solo los cacharros antediluvianos de primera generación eran incapaces de llevarlo a cabo.

–Pues ponte manos a la obra, que tengo cosas que decirte.

El acompañante obedeció de inmediato.

Notorius se sentó sobre la pila de estofado, temeroso de que alguien entrase en el departamento y la robase.

–¡Listo! –anunció el acompañante.

–Siéntate, tenemos que hablar seriamente.

El carácter indómito, espontáneo y apasionado de Notorius le impedía acomodarse a la sutil y ordenada vida de la sociedad de Proteo. Quizá, por ello, él más que nadie ansiaba salir de la armónica ciudad submarina. Un amante del caos, como él, no podía soportar las interminables jornadas de limpieza exterior que, si podían calificarse de algún modo, eran de aburridas. Había elegido aquel trabajo para salir, aunque solo unos metros de la ciudad, y dejar de sentir la angustia que en los últimos tiempos iba en aumento. No había sido así; cada año que pasaba caía sobre el muchacho como una losa de hastío.

El grupo había sido su vía de escape. Había conocido a Carso cuando todavía no era más que un chiquillo y, desde entonces, la amistad había ido en aumento. A todos les extrañaba que dos personas tan distintas, una tan racional y otra tan alocada, pudiesen encajar a la perfección.

Preparar el viaje había sido un sueño. Desde el principio pensaron que el zenit lo coordinaría y que encargaría a los científicos más destacados de la ciudad que se sumaran a la expedición. Siempre había albergado la esperanza de que algún día Notorius, el limpiapaneles transparentes, terminaría embarcando hacia los rayos del sol. Y el sueño se había hecho realidad. La excitación de Notorius era manifiesta no solo para el acompañante, que controlaba sus constantes vitales; cualquiera podía detectar al momento la emoción desbordada de un joven aventurero a punto de lanzarse a lo desconocido.

Lacemis se sentó sin rechistar.

Hacía tiempo que había dejado de recriminar a su huésped por la falta de protocolo: los acompañantes no se sentaban con los humanos, a no ser que fuese estrictamente necesario. Por ejemplo, cuando permanecer de pie en un local público solo contribuiría a molestar al flujo de visitantes.

La misma indómita disposición que le impedía adecuarse a la ordenada y claustrofóbica vida proteica le inhabilitaba para mantener una relación estándar con el acompañante.

El día que Notorius cumplió cinco años y le asignaron su primer ser sintético, este ganó un amigo, y lloró amargamente cuando el zenit decidió retirar los biorrobots de aquel año a causa de un diseño defectuoso. Posiblemente, la herida que aquella separación produjo en su sensible corazón había derivado en la insatisfacción que aumentaba día tras día desde entonces.

La llegada de Lacemis fue como un regalo de la naturaleza. Su hermana mayor, Erotea, había sido la encargada de entregárselo. Notorius hizo un nuevo amigo, a pesar de que en los primeros tiempos intentó mantener las distancias con él para evitar una futura separación. Así y todo, un joven de sus características siempre es incapaz de controlar los impulsos de su corazón y, transcurrido el primer año, Lacemis era un amigo tan íntimo como Carso. En ningún momento le habían importado los reproches de muchos ciudadanos sobre la inadecuada relación que mantenía con el acompañante. Incluso había pasado por alto las advertencias de Carso sobre terminar en el área de Proscripción.

–¿Estás seguro de que el barrido de marras funciona? –insistió el joven.

El biorrobot le aseguró que nadie podría escucharlos aunque lo intentara.

Aun así, el encargado de mantenimiento exterior prefirió levantarse y sentarse al lado del acompañante para no tener que subir el tono de voz.

–Es muy importante lo que te voy a decir. Tienes que tomar una decisión sobre tu futuro.

Lacemis contemplaba a su huésped algo inquieto.

–No podré disfrutar del estofado de marteres cuando regrese. Es una lástima; una pérdida irreparable, desde luego. Pero, amigo mío, si salgo de esta tumba no pienso regresar jamás.

El ser sintético arqueó las cejas sorprendido.

–¡Como lo oyes, camarada! Una vez en la superficie no me devuelve a esta cárcel ni un pelotón de vigilantes rabiosos. ¡Éste no es lugar para mí! Lo mío es el sol y la montaña. Nada de agua. Bueno, quizá algún lago de esos que contemplé en los hologramas de Nexus. ¿Sabías que el agua de los lagos es dulce? ¡Increíble!

Notorius se apartaba de la cuestión fundamental; el acompañante no se inmutó. Estaba habituado a las divagaciones del joven. No tardaría en retomar el tema. Por el momento, disertaba sobre los paisajes montañosos que había descubierto en una colección de hologramas de la biblioteca Nexus. Por supuesto, Lacemis poseía gran parte de esa información almacenada en los bancos de memoria.

–Tienes que decidir, amigo mío. Quizá tu vida ahí afuera –dijo señalando al techo del departamento– no sea posible. A lo peor, las condiciones no son favorables para ti y sufres cualquier avatar. ¡Incluso podrías morirte! –exclamó horrorizado–. Yo no puedo cargar con esa responsabilidad.

–No puedo morir, Notorius: no estoy vivo.

El joven se puso en pie de un salto.

–¡Qué tonterías son esas de que no estás vivo! Lo peor de los tipos como tú es que os dejáis comer el cerebro por cualquier estúpido integrante de la sala Azul. ¿Respiras? ¿Tienes sangre? ¿Tienes piel? ¿Ojos? ¿Corazón?

Lacemis iba asintiendo a los gritos del huésped.

–¡Si hasta puedes saborear un buen plato de estofado de marteres! ¡Hazme caso, chaval! Estás más vivo que muchos tíos de los que conozco.

–Soy un organismo biológico –insistía el acompañante–. Mi apariencia es humana; mi organismo, también, pero es mi unidad central la que contiene mis características y me mantiene en funcionamiento. Mi unidad central es metálica.

–¡Qué más da un poco de acero en el cuerpo de alguien! Proteo está repleto de gente que lleva prótesis por todas partes. ¿Y crees que, por eso, dejan de estar vivos? ¡Es una estupidez!

Lacemis decidió no insistir más sobre su naturaleza sintética. Tenía que reconocer que, el hecho de que lo considerara como un igual, lo enorgullecía y halagaba enormemente.

–Pues lo dicho. Tuya es la decisión. Si prefieres quedarte en Proteo, es el momento de decirlo. Estoy seguro de que Nartis y Aramis serán capaces de gobernar la nave por sí solos. Prescindiría de ti con todo el dolor de mi corazón.

Lacemis permanecía boquiabierto. Nunca se había parado a pensar en la posibilidad de tomar una decisión sobre su futuro. Le habían asignado un huésped al que estaría sujeto hasta que lo sustituyesen por una unidad más nueva. Ni siquiera había meditado sobre las sensaciones que experimentaría al ser desconectado: limpiarían su unidad central, por lo que eliminarían los datos de su huésped reciente, lo modernizarían y es probable que, después, volviese al servicio activo a cargo de otro ser humano. Su base de conocimientos sería la misma, pero no recordaría nada de su actividad anterior.

Ahora Notorius lo ponía en el aprieto de tener que pensar en cuestiones que jamás le habían interesado.

–Si me quedo en Proteo descubrirían vuestras intenciones al revisar mi memoria –dijo.

–¿Y qué? ¿Qué piensas que harán con Salmiya, Vesticor, Gómel y Ternope? Los someterán a una sesión de rastreo mental, pero, para entonces, nosotros estaremos muy lejos. Con lo cobardes que somos los proteicos, ¿quién se aventurará a seguirnos?

–Me asignarían a otro huésped.

Notorius se encogió de hombros resignado.

–Te echaré mucho de menos. Esta vida posiblemente sea mejor para ti. Entiende que tenemos que ponernos en lo peor. Es posible que el sol que tanto añoro nos achicharre por no tener la piel acostumbrada a ello. Sin contar que puede que el aire sea repugnante y destroce nuestros pulmones, a pesar de que respiran esta asquerosa mezcla que atesta Proteo. Incluso podemos palmarla a las primeras de cambio. ¿Quién sabe si la nave es capaz de llegar a la superficie?

–Entonces, morirías...

–Sí, claro. Es lo que estoy intentando explicarte. Es un viaje muy peligroso.

La unidad central de Lacemis sufrió una fuerte convulsión. La sola posibilidad de perder a Notorius recargaba en exceso el sistema. El hecho de que prefiriese arriesgar alegremente su propia vida y de que sintiese tal preocupación por él provocaba una reacción tan fuerte que el acompañante temió sufrir un colapso en los circuitos.

–Yo también voy –dijo sorprendiéndose a sí mismo–. También puedo disfrutar de las emociones fuertes como tú –agregó sonriendo.

Notorius dio un brinco de alegría. Se lanzó sobre el biorrobot y lo abrazó con todas sus fuerzas.

–¡Menos mal! ¡Qué susto me has dado! Por un momento pensé que preferías quedarte. No sabes cuánto lo hubiese sentido.

Lacemis pensó en las lágrimas. Aquel era el momento de que le brotasen y se deslizasen por sus mejillas. Lamentablemente su rostro permanecía seco. Una vez más se quejó de ese imperdonable defecto de diseño.

–¡Pues andando! ¡Nos largamos! Acabo de decidir que no tendría perdón abandonar semejante manjar en este repugnante mundo submarino. Nos lo llevamos. Aún tenemos tiempo de sobra. Lo embarcaremos en la nave antes de ir al distrito V.

Los dos camaradas salieron del departamento cargados con las cajas de estofado de marteres.

IX

Carso contempló cómo Salmiya, Vesticor, Gómel y Ternope desaparecían en el interior del ascensor. Los que habían sido durante tantos años sus amigos dejaban de serlo en ese momento. Sabía que el miedo había podido con ellos y que se esforzarían por desaparecer durante un tiempo, y que jamás contestarían a las llamadas de su jefe de grupo.

No los culpaba. El acatamiento de las normas y las leyes era la clave de la vida en la ciudad submarina: a todos les habían enseñado que, respetando las indicaciones del supremo y de su zenit, la armonía y el orden conservarían para siempre su seguro modo de vida. El enfrentamiento con las autoridades no se consideraba una valentía, sino un acto de vandalismo y de falta de civilización. Aún no comprendía cómo habían sido capaces de entablar amistad con Notorius, un joven que hacía de la rebeldía una forma de vida.

–Son buena gente –murmuró.

Carso consultó el reloj. Disponía de tiempo suficiente para ultimar los preparativos. Urgía una visita a las dependencias de seguridad del ala 29 del área Norte, su lugar de trabajo. Debía estar al tanto de ciertos detalles de gran importancia, si no quería que la aventura terminara antes de empezar.

–Es mejor que vayamos en un vehículo –le dijo a Nartis.

–¿Hasta las dependencias de seguridad? –preguntó el acompañante.

Carso asintió sorprendido una vez más de la capacidad del biorrobot.

Ambos caminaron en dirección a las naves de traslado. El joven iba tan ensimismado en sus pensamientos que abrió una puerta equivocada. Se detuvo fastidiado.

–No sé dónde tengo la cabeza –dijo a Nartis.

En ese instante escuchó un extraño ruido cercano.

Carso miró al acompañante. Él también lo había captado.

No fueron necesarias las palabras. Con un gesto, el huésped le indicó que averiguara de dónde provenía.

Nartis respondió con un ligero movimiento de cabeza.

El rostro de Carso perdió de súbito el color. Acababa de descubrir una de las cámaras de seguridad de los pasillos de Proteo y les apuntaba directamente. Intentó disimular ante ella: se encaminó con paso lento hacia el acompañante, sin perder de vista por el rabillo del ojo la cámara.

La cámara los seguía. El joven supo, entonces, que estaban siendo sometidos a una estrecha vigilancia. En teoría el ojo de cristal tendría que permanecer fijo en su puesto, enfocando a todo lo que pasase en su campo de visión. Seguro que Arginal había tomado cartas en el asunto...

–Comunicación segura –murmuró el joven.

Nartis accedió de inmediato. Tomó medidas para que nadie pudiese recibir, ni a través de él ni de cualquier micrófono oculto en las cercanías, lo que hablasen desde ese momento.

–Esto lo cambia todo. Tendremos que largarnos lo antes posible.

Intentando simular calma, se precipitaron al interior de la nave y se dirigieron a las dependencias de seguridad.

El viaje fue corto como era habitual en la ciudad.

De nuevo en los pasillos, Carso vigilaba de reojo las cámaras que superaban. Si en algún instante llegó a pensar que era el nerviosismo el que le hacía imaginar una persecución, lo desechó de inmediato. También allí estaba siendo vigilado.

–¿No habías pedido el día? ¡Eres un loco de tu trabajo! Si yo dispusiese de un día libre, te aseguro que nadie me vería el pelo por aquí.

El segundo de Carso, un hombre maduro llamado Pametes, saludó a su jefe desde la silla de control. Frente a él se hallaban las pantallas que vigilaban el ala 29, en donde se encontraban prácticamente todas las dependencias alimenticias, como invernaderos y envasadoras de alimentos, y algunos talleres de reparación.

Un sinfín de botones de colores y teclas de diversos tamaños era el medio de control de la zona asignada a Carso.

–¿Alguna novedad? –preguntó el joven.

–Por supuesto. Ya sabes que, cuando falta el jefe, surgen imprevistos –dijo riendo–. Pero no te preocupes, los he solventado todos menos uno, y no tiene demasiada importancia.

Carso se interesó por el problema.

–Son las cámaras de los pasillos. Se ha activado el sistema de seguimiento. Me percaté hace unas horas y he intentado repararlo sin conseguir ningún resultado hasta el momento. Afortunadamente, no cambian de posición con frecuencia. Para ser exactos, te diré que solamente se han movido una vez, un poquito antes de que tú llegaras. He llamado a la central de seguridad para que envíen un técnico. Los jefes deben tener un buen lío montado porque ni siquiera me han contestado. Quizá tengan problemas con más cámaras.

–¿Eso es todo?

Pametes asintió.

El joven resopló aliviado. Al menos conocía la noticia del mal funcionamiento de las cámaras. Ya pensaría después cómo eludir la vigilancia. Por el momento, le interesaba averiguar el estado del tráfico en el exterior y los permisos concedidos para las próximas horas.

Carso se volvió en dirección contraria a las pantallas que controlaban los corredores. Un panel metálico cubría por completo la pared lateral de la sala. Ocupó una silla que se hallaba frente al panel y pulsó la tecla de apertura. El panel metálico se retiró y dejó a la vista un magnífico paisaje submarino.

Varias naves de pequeño tamaño se deslizaban entre las algas y algún que otro pez, de aterrador aspecto, paseaba muy próximo a la mampara transparente.

Nartis se dirigió a un rincón de la sala desde el cual pudiese contemplar las pantallas de los corredores y el paisaje submarino.

–¿Quiénes son esos tipos de las naves? –preguntó Carso a Pametes.

–Los del alumbrado. Están cambiando unas lámparas averiadas –el hombre consultó sus notas–. Son los últimos en regresar. Dentro de una hora ya no quedará nadie en el exterior.

Carso tecleó sobre el reposabrazos de su silla para ajustar la imagen y ampliar un punto concreto del paisaje que tenía ante él: el taller de reparaciones.

A través de un panel transparente podía observar la actividad que reinaba en el interior.

–Los del taller ya han terminado las pruebas. Recuerdo que tenían un permiso de salida.

–Hace rato que han atracado. Imagino que sin problema alguno. Al menos, no han solicitado otro permiso para mañana, de lo que deduzco que han finalizado las reparaciones con éxito.

A Carso no le faltó ni un segundo para proferir una exclamación de alegría. Afortunadamente, supo contener la emoción.

Al menos aquel punto del plan parecía marchar viento en popa. Resultaba providencial que hubiesen arreglado la avería antes de tiempo. La suerte les había sonreído al poder contar con una nave de carga de las minas. No solo era de mayor envergadura que las demás que circulaban en los arrabales de la ciudad, sino que disponía de dispositivos de vital importancia para emprender un viaje tan peligroso como el de ellos.

El sistema de descompresión era lo más importante. Las otras naves ni siquiera contaban con él, pues estaban diseñadas para distancias cortas. El vehículo de carga debía ascender a lo largo de la cordillera Atlántica, sobre la cual estaba enclavada Proteo, en busca de los yacimientos minerales que precisaba la ciudad. Por tanto, también disponía de reguladores de aire respirable. La mezcla que los pulmones humanos debían consumir era variada para que no existiesen problemas de salud. Carso no era un entendido en la materia, pero había leído que la dificultad estribaba en el nitrógeno.

El nitrógeno se sustituía en Proteo por otra sustancia, una especie de helio mejorado, y esto permitía a los habitantes de la ciudad submarina respirar en las cúpulas ancladas a unos mil metros de profundidad. Desde ellas debían ascender a la superficie.

Nartis se encargaría de controlar los sistemas de descompresión y de ajustar el tiempo necesario que la nave debía permanecer en diferentes niveles de profundidad para que el cuerpo humano se aclimatara a los cambios de presión.

Carso se lamentó por no haber ahondado en este tema, aunque tenía plena confianza en la tecnología proteica, que había superado con creces los problemas de los antiguos terrestres en cuanto a su adaptación al mundo submarino. Le hubiese gustado conocer, con detenimiento, el funcionamiento de la nave en que viajaban.

Las luces de varios invernaderos se apagaron. Solo las lámparas exteriores seguían alumbrando la oscuridad del mar. Su potencia permitía distinguir incluso al último operario que abandonaba los invernaderos. Su energía, al igual que la del resto de la ciudad, provenía de las corrientes de agua.

La nave de transporte de las minas disponía, también, de turbina propia. Por tanto, el abastecimiento de energía no suponía un problema.

–Quizá tengamos suerte –murmuró Carso impresionado por la tecnología de su civilización.

–¿Suerte? ¿A qué te refieres? –preguntó Pametes.

Carso tardó unos instantes en encontrar respuesta.

–A que a lo mejor mañana no hay mucho movimiento; menos trabajo, ya sabes.

Pametes arqueó las cejas sorprendido de que el jefe más ajetreado se alegrase de tener poco trabajo.

–Pues... desde luego no la tendrás. Mañana es el festival de las algas del invernadero Lasal. ¿Estás invitado? Tú tienes una amiga que trabaja en él.

Carso asintió. Laita estaba empleada en Lasal.

–No tenía ni idea de la fiesta, pero no dudes que le preguntaré sobre ello.

El joven cerró el panel y abandonó la silla.

–Nos vamos –le dijo a su subalterno–. Tengo una cita. ¿Quién tiene el turno de noche? –preguntó.

–Ronando.

Carso sonrió. El destino les estaba tendiendo la mano amablemente.

–Espero que no se pase toda la noche estudiando el curso de piloto –mintió, pues deseaba que no levantase ni un solo instante la vista del ordenador portátil.

Nartis se situó tras su huésped. Ambos abandonaron las dependencias de seguridad del ala 29 del área Norte, vigilados por las molestas cámaras.

Se encaminaron a los ascensores. En el distrito V los aguardaban.

X

El ala 29 del área Norte de Proteo era una zona dedicada principalmente a talleres, invernaderos y factorías de actividad variada. Era un sector laboral. Por tanto, el bullicio en las horas de cambio de turno era considerable.

Muchos trabajadores del ala 29 acostumbraban a visitar la zona de recreo, bien al principio de la jornada bien al final; los gimnasios, las salas de visión, los recintos de paseo, las piscinas y, como no, Distrito V, el bar más concurrido del área Norte. Era tal su fama que trabajadores y habitantes de otras áreas se desplazaban para disfrutar de la bella decoración, el ambiente animado y los exquisitos combinados que se servían en él.

Laita se hallaba sentada en compañía de Aramis en una mesa redonda, en un rincón de la amplísima sala. La joven tenía su departamento en el ala 28, una zona anexa, ocupada por los trabajadores del área Norte. Por ese motivo,

acudía con frecuencia a Distrito V y sabía que aquélla era la mesa más tranquila del local.

Era tal el bullicio que tardó un buen rato en hacerse oír por una joven camarera que sorteaba las mesas cargada con una bandeja repleta de brebajes de aspecto estrambótico.

–¿Lo de siempre?

Laita asintió.

–Y tu acompañante, ¿qué va a tomar?

La muchacha lo ignoraba. Era la primera vez que acudía a un lugar de recreo con un ser sintético.

–Lo mismo que Laita –se apresuró a decir Aramis.

La camarera pulsó un botón de la mesa redonda. Una especie de tablero se formó en la misma. Muy cerca de Laita y de la acompañante aparecieron las fichas para comenzar el juego.

–Volveré lo antes que pueda con las bebidas –dijo la camarera.

–No tengas prisa. Estoy esperando a unos amigos –le dijo la muchacha.

–Pues menos mal... Acabo de comenzar el turno y ya estoy asfixiada. Como mañana es fiesta en Lasal, todo el mundo anda revolucionado y con ganas de juerga.

La muchacha abandonó la mesa con dirección a la barra del bar.

Laita contemplaba la puerta aguardando la llegada del resto del grupo.

–Espero que no tarden demasiado –expresó sabiendo que había acudido a la cita demasiado pronto.

Aramis no dijo una sola palabra. Se hallaba absolutamente estupefacta observando todo lo que la rodeaba.

Distrito V se le antojó un lugar fascinante. Las voces y las risas llegaban a ella desde todas direcciones. Muchos acompañantes permanecían de pie en la única pared opaca del local. El resto conversaban y se divertían junto a sus huéspedes en las mesas. Aramis los veía jugar con las piezas que también ella tenía a su alcance. Eran una especie de cubos metálicos que obviamente tenían que ser introducidos en los huecos del tablero del centro de la mesa.

Su huésped no estaba de humor para juegos, así que el biorrobot decidió extasiarse con la decoración submarina del local. A través de los paneles transparentes, se podía contemplar el exterior. Unos enormes muñecos en forma de sirenas permanecían anclados cerca de las lunas simulando contemplar el interior del local. También había gran cantidad de peces, algas y medusas gigantescas, idénticas a las que colgaban en Distrito V sin orden ni concierto.

–Es un lugar muy curioso –murmuró Aramis.

Laita le sonrió.

–Nunca habías venido, ¿verdad?

De repente, se percató de lo estúpido de la pregunta. Un acompañante jamás podía deambular en solitario por la ciudad. Era un hecho, pues, que Laita jamás había acudido a un centro de recreo acompañada de Aramis. Por un momento se sintió algo culpable. La expresión del biorrobot le indicaba que estaba disfrutando de lo lindo.

–Debimos haber venido con más frecuencia. Te hubiesen gustado los brebajes que preparan en la cocina y también los juegos de mesa. Hay muchos. Éste del tablero de cuadros es el que prefiero; por ello la camarera lo ha puesto para nosotras.

Ya era tarde para enmendar los errores del pasado. El futuro estaba demasiado cerca. Estaban a punto de tocarlo con los dedos. Tan pronto llegase Carso, era cuestión de tiempo que Proteo fuese historia para ellos.

–Nunca vamos a regresar –pensó Laita.

Hubiese querido comunicárselo a la acompañante, pero le pareció más sensato callarse.

–Aquí tenéis los jaujas de sal –dijo la camarera depositando dos largas copas repletas de un líquido verdoso, del que emanaba una densa nube de humo dorado.

Laita agradeció el servicio de la chica y entregó su número de cliente. La joven lo tecleó y se lo devolvió a su dueña.

Cuando la camarera se marchó, Aramis se precipitó a saborear el líquido humeante.

Una amplia sonrisa ocupó todo su rostro.

Laita advirtió sorprendida que una profunda ternura le brotaba del fondo del corazón. La rechazó de inmediato. No le parecía juicioso enternecerse por la conducta sintética de una máquina.

Desechó estos pensamientos y se concentró de nuevo en la puerta. Entre la avalancha de visitantes, Notorius y Carso no tardarían en aparecer.

–¡Ahí están! –exclamó al fin agitando la mano.

Carso tardó un rato en localizarla. Cuando lo hizo se apresuró a acercarse a la mesa.

Nartis y él ocuparon dos asientos libres.

–¡Cuánto habéis tardado! –le recriminó Laita.

–Tenemos problemas –le lanzó nada más sentarse.

La muchacha se estremeció de la cabeza a los pies. Aramis sintió las reacciones del huésped en su propio cuerpo.

–Me vigilan –dijo Carso mirando alrededor con reservas–. Las cámaras de Proteo han sido manipuladas. Por supuesto, por cuenta de Arginal. Me siguen a allá adonde vaya.

–¿Qué vamos a hacer ahora? –preguntó la muchacha aterrada–. No podrás entrar en la nave sin que te descubran.

El joven agitó la cabeza dubitativo. Aún no tenía ni la más remota idea de cómo solucionar el conflicto.

–También está la fiesta de Lasal.

–¿Qué pasa con ella? Es mañana, durante el segundo turno; nosotros ya no estaremos aquí. Yo he cambiado mi horario con una compañera. Nadie advertirá mi ausencia antes de la celebración.

–El invernadero comparte embarcadero con el taller. Si hay gente en la nave de Lasal preparando la fiesta, nos será imposible entrar sin ser descubiertos.

Laita resopló angustiada.

–¡Todo está saliendo fatal! ¡Tenía tantas ilusiones en emprender este viaje!

–No te desanimes. Aún no está todo perdido. Al menos en la sala de vigilancia solo habrá un operario esta noche y, además, no creo que preste mucha atención a las pantallas.

–¡Menos mal! –suspiró la joven.

–Y aún hay más. La reparación de la nave ha sido un

éxito. Han realizado la prueba de navegabilidad sin problema alguno. Nos está esperando tranquilamente en el embarcadero, como puesta ex profeso.

–¿Dónde está Notorius? –inquirió la muchacha.

Carso consultó el reloj.

–Aún es pronto –murmuró.

Un joven camarero se acercó a atenderlos.

–¿Qué van a tomar?

Nartis pidió un vaso de zumo de algas rojas y una tapa de medusa; Carso, una copa de jauja de sal.

–¿Dónde está la camarera? –preguntó sorprendida por el repentino relevo de la chica.

El joven sonrió ignorando la pregunta.

–¿Le importa introducir su número de cliente? –le dijo a Carso tendiéndole un pequeño bloc electrónico.

Cuando se dispuso a teclear el número, todo su cuerpo se convulsionó. El joven elevó los ojos hacia Laita. Su mirada era aterradora.

En la pantalla del pequeño bloc un texto parpadeaba agresivamente: «Sé lo del viaje. Te vigilan. Yo puedo hacer que entréis en la nave sin ser vistos. A cambio, tendréis que admitir a un nuevo pasajero».

Los dos muchachos contemplaban paralizados al camarero.

Nartis lo analizó en busca de algún dispositivo espía. Aparentemente estaba limpio.

–Si no le importa insertar el número –insistió.

Carso se lo pensó unos segundos. Después escribió: «De acuerdo».

–Muchas gracias. En unos minutos sabrán de mí –dijo desapareciendo entre las mesas.

–¿Qué significa esto? –preguntó atónita Laita.

–¿Seguimos en comunicación segura? –consultó Carso a Nartis.

Este asintió.

–Significa que nos han descubierto. Pensábamos que el plan era secreto. Me temo que no hay en todo Proteo un ciudadano que ignore lo que pretendemos.

Carso calló. Contempló con gesto serio a los cuatro reunidos en la mesa. Todos se hallaban compungidos. Las cosas no podían estar saliendo peor. Hasta los acompañantes intuían que terminarían siendo reprogramados o, lo que es peor, desconectados para siempre. Ningún comité de científicos pasaría por alto que estaban dispuestos a robar y a saltarse todas las normas por culpa de los huéspedes. La generación 23 a la que pertenecía Nartis sería eliminada. Su sofisticación y su capacidad para influir en las unidades centrales de biorrobots menos complejos era la causa de tal rebeldía.

Carso pensó en el hecho de que dos miembros de su familia terminarían recluidos en el ala de Proscripción. Eran una saga maldita.

Laita se mordía las uñas con furia. ¡Se suicidaría antes de ser encarcelada en el reducto!

Nartis fue el encargado de que volvieran a la realidad.

–Lacemis está comunicándose conmigo –dijo–. Quiere que nos reunamos inmediatamente con ellos en el embarcadero.

–¡Maldita sea! –gritó Carso–. Es un insensato. ¡No debería utilizar la radio para hablar con nosotros! ¿Es que ha perdido la cabeza?

–¡Estupendo! –exclamó desanimada Laita– Si había alguien que desconocía nuestros planes, ya ha sido informado.

Los cuatro se apresuraron a abandonar Distrito V. El alboroto y la alegría se quedaron en el área de Recreo. Los cuatro componentes del grupo marcharon cabizbajos y derrotados.

XI

Notorius y Lacemis habían penetrado en el taller cargados con las cajas de estofado de marteres. No les había costado demasiado desconectar la sencilla alarma ni encontrar el embarcadero. La nave se hallaba varada en él, exultantemente hermosa.

–¡Es un alucine! –exclamó el joven–. ¿Qué te parece, chaval?

Lacemis sonrió.

–¡Espectacular! –exclamó–. Podríamos transportar a medio Proteo en ella.

Las dimensiones de la nave eran grandiosas. Notorius se preguntó qué sensación tendrían al viajar en semejante artilugio.

–Espero que Nartis esté preparado para conducir esta mole con ciertas garantías. Cuando paseemos por ella tendremos la sensación de caminar por una nave fantasma.

Lacemis y Notorius se rieron divertidos.

–¿Quién anda ahí?

Un operario se asomó a la parte del embarcadero que pertenecía al invernadero Lasal, y descubrió a los intrusos con la carga de cajas.

Tanto Notorius como Lacemis se quedaron paralizados y mudos.

–¡Ah! –dijo el operario–. Sois los del estofado. Os habéis equivocado de sala. Los víveres son para la fiesta del invernadero Lasal.

Notorius y Lacemis seguían sin recuperar el habla.

–¿A qué esperáis? Cruzad hasta aquí. Aún me queda mucho por hacer –dijo el hombre con aspecto fastidiado.

A los dos amigos no les quedó otra opción que deslizarse por una pequeña escalera para atravesar el vestíbulo que separaba ambas dependencias.

–Soy Alomes. Me encargo de los preparativos. La gente tiene mucha cara. Se han largado a pasárselo bien a Distrito V y yo, como un idiota, tendré que preparar la fiesta.

–¿Alomes? –preguntó Notorius boquiabierto–. ¿Eres Alomes del área Sur?

El operario se volvió para estudiar el rostro de Notorius.

–Sí, lo soy. ¿Me conoces?

Notorius descargó repentinamente el estofado lanzándose a los brazos de Alomes.

–Amigo, amigo mío. Siempre pensé que habías muerto. Pensé que los dos habíais muerto. ¿Sabes dónde está mi hermana?

El muchacho se apartó tras formular la pregunta.

Alomes murmuró entre dientes un nombre.

–Erotea.

–¡Claro! –exclamó Notorius–. ¿Dónde está mi hermana? ¿Está viva?

Los párpados de Alomes se cerraron. El hombre se vio obligado a buscar dónde sentarse para no desfallecer.

–Hacía tanto tiempo que no recordaba ese nombre... –murmuró.

–¿Está viva? Dime, por favor –insistía Notorius fuera de sí.

Alomes tardó un rato en recuperarse de la impresión.

–No. Erotea ha muerto. Al menos, eso creo. ¿Crees que vive? Hace mucho de todo aquello. Por lo menos treinta años... No comprendo cómo puedes acordarte de mí; por entonces, no eras más que un niño.

–Te recuerdo perfectamente; también a ella. Era una mujer muy hermosa. Me contaba historias fascinantes sobre viajes increíbles. Me encantaba estar a su lado –dijo Notorius rememorando los buenos tiempos.

Alomes enterró la cabeza entre las rodillas, ocultando el rostro.

–¿Qué sabes tú de todo lo sucedido? –preguntó en cuanto consiguió controlar sus emociones.

Notorius se sentó al lado del hombre y procedió a presentarle a Lacemis.

–¿Es de confianza? –inquirió Alomes señalando al acompañante.

–¡Por supuesto! –replicó el joven ofendido–. Es mi amigo Lacemis.

Alomes sonrió. El joven coincidía en gran parte con las características personales de su hermana. También ella tenía la extraña costumbre de tratar a los seres sintéticos como si fueran humanos.

–Cuéntame, qué recuerdas de aquellos años –le pidió a Notorius–. No sabes lo importante que sería para mí.

El joven no se hizo de rogar. Él se acordaba perfectamente de su hermana Erotea. Era una mujer cuando él nació, una mujer muy inteligente y hermosa. No en vano, pertenecía a un grupo destacadísimo de investigadores de Proteo. La misión que tenían entre manos, según ella, revolucionaría la vida en la ciudad. Gracias a sus experimentos, conseguirían descender a miles de kilómetros y acercarse a yacimientos de metales desconocidos, que serían vitales para la construcción de una Proteo más moderna.

Alomes era su compañero en el trabajo y en el corazón. Habían decidido que, una vez terminaran el proyecto, solicitarían un permiso para poder tener hijos. Erotea no se conformaría con uno como la mayoría de los ciudadanos de la ciudad submarina. Utilizaría todos sus privilegios para conseguir autorización para al menos dos.

Sin embargo, todas sus ilusiones se quebraron en un instante. La nave de la expedición explosionó. Todos los integrantes del grupo científico murieron. ¡Todos! Las investigaciones se abandonaron. Habían fracasado.

–Recuerdo cuándo le comunicaron a mis padres su desaparición. No sabes la crueldad que demostraron. Solo les faltó decir que ella había sido la culpable de la catástrofe. Y en eso se basaron para recomendar que no me dedicara a la actividad científica. Supongo que, de algún modo, me vetaron. Así que deambulé de un trabajo a otro hasta que terminé en mantenimiento exterior. Es mejor que una oficina.

Alomes contemplaba estupefacto al joven. Intentaba aclarar sus ideas y conciliar lo que le habían dicho con lo que acababa de escuchar. No le iba a resultar fácil.

–Estoy tan confundido –murmuró.

–¿Te encuentras mal? ¿Estás enfermo? –se preocupó Notorius contemplando el gesto contrito del compañero de su hermana.

–Apenas puedo recordar su rostro. Me resulta imposible aclarar mi mente. Quizá parte de lo que me has contado sea cierto, pero creo que no todo es verdad.

–Tú deberías saberlo. Siempre pensé que viajabas con ella en la nave cuando sucedió el accidente.

–Creo que sí viajaba... –murmuró Alomes.

Notorius cruzó una mirada perpleja con Lacemis.

–Reprogramación –murmuró este.

Notorius abrió la boca espantado.

–¿Te han sometido a una limpieza cerebral? –preguntó escandalizado.

Alomes asintió con la cabeza.

–¡Malditos! ¡Qué gusanos!

–Solo eliminaron de mi mente los datos de la expedición y los acontecimientos más cercanos. Estoy tan confundido que no sabría decirte con exactitud nada de lo ocurrido. Si estoy vivo y sé que embarqué, es obvio que conseguí librarme de la muerte aunque no sé cómo.

–¡Traidores! ¡Sucias fanecas rugosas! ¡Dan ganas de vomitar! ¡Menos mal que yo no pienso permanecer mucho tiempo en este tugurio!

–¡Notorius! –Lacemis reprendió con la mirada a su huésped.

–¿De qué estás hablando? ¿De huir? ¿Adónde? ¿Cómo? ¿Cuándo?

Las palabras del joven consiguieron perturbar por completo a Alomes. Notorius se percató de ello. Posiblemente se encontraba en aquel estado tan terrible a causa de la manipulación cerebral a la que había sido sometido. Los nervios se habían apoderado de él y todo su cuerpo se convulsionaba preso de un ataque terrible.

Lacemis se precipitó sobre el hombre con intención de impedir que se cayera y se golpeara.

Notorius lo agarró por los hombros. Ayudado por el acompañante, se dispuso a tenderlo sobre el suelo.

–¿Qué te sucede? ¿Puedes oírme?

Alomes no respondía. Una espuma de color ocre le brotaba por la boca. Lacemis se apresuró a proporcionarle los primeros auxilios.

–Se va a ahogar con la lengua –dijo echando hacia atrás la cabeza del enfermo.

El mango de un martillo fue el utensilio que utilizó para impedir que cerrase la boca.

El ser sintético abrió un compartimento bajo su piel y extrajo una especie de bolígrafo que terminaba en una aguja hipodérmica. En un par de segundos las convulsiones de Alomes cesaron.

Notorius se hallaba arrodillado al lado del hombre. Se incorporó un tanto e inspeccionó la sala.

–Estamos muy cerca de las cámaras de vigilancia. Ayúdame a trasladarlo hacia un lugar más seguro.

Entre ambos desplazaron al enfermo un poco a la derecha.

–Ya no pueden vernos –descubrió satisfecho el joven.

La respiración de Alomes se volvió más tranquila. Los párpados se fueron elevando lentamente hasta que abrió los ojos.

–¿Cómo te encuentras? –le preguntó Notorius todavía muy preocupado.

–Como si me hubiesen dado una paliza –susurró Alomes.

–No te preocupes por nada. Tan pronto te recuperes un poco, te acompañaremos al médico.

–¡No! –gritó el hombre luchando con Lacemis para incorporarse.

–¡No podemos dejarte aquí!

–¿No lo entiendes? Cuando me sometieron al tratamiento de reprogramación, cometieron un error. Por ello aún conservo ciertas imágenes del pasado. No puedo acudir al médico. Se percatarían de inmediato y esta vez no se equivocarían. Borrarían de mi mente todo aquello que desearan. Desde que me sometieron a tal terrible tratamiento, en soledad, he aguantado los dolores y los ataques. ¡Les he engañado! ¿Lo comprendes ahora? Todavía conservo parte de mi identidad. ¡No permitiré que me la roben!

Lacemis y Notorius se miraron sobrecogidos.

La sonrisa de Alomes contrastaba con el rostro enjuto y torturado, con las profundas ojeras que le recorrían los ojos, con el dolor que las lágrimas que se deslizaban por sus mejillas demostraban.

–¿Qué vamos a hacer ahora? –le preguntó el joven al acompañante.

–¡No me dejéis aquí! ¡Tened piedad! ¡Me iré con vosotros adonde sea! Cualquier lugar será mejor que este. Llevo años soñando con huir. ¡Dadme una oportunidad para cumplir mis sueños! ¡Tú podrías ayudarme a recordar! Seguro que conoces un sinfín de detalles sobre tu hermana que podrían serme muy útiles para recuperar la memoria. ¡Necesito saberlo todo sobre ella! ¡No puedes entregarme al enemigo!

Lacemis sacudió la cabeza hacia su huésped. No podían permitirlo, pero era muy arriesgado y seguro que Carso y los demás no estarían de acuerdo. Iban a iniciar una expedición muy peligrosa y no había lugar para alguien con la mente desequilibrada.

–¡Tranquilo, tranquilo! –dijo al fin Notorius–. No te dejaremos tirado. Te lo aseguro; tú te vienes con nosotros. ¡Está decidido!

Lacemis suspiró. Se avecinaban problemas. Aun así el biorrobot no pudo evitar que su unidad se sobresaltara al recibir una descarga de emoción, muy parecida a la alegría. Estaba orgulloso de su huésped. Si había un hombre en todo el universo del que valiese la pena estar cerca, ese era Notorius. Y Lacemis estaba a su cargo. Después de todo era un ser afortunado.

–Comunícate con Nartis. Dile que vengan inmediatamente para acá. Espero que los de seguridad no nos hayan detectado –dijo verificando que estaban lejos de las cámaras.

–No deberías utilizar este canal para la comunicación. Pueden descubrirnos.

–Lo sé. Pero no tenemos otro modo. No podemos dejarlo aquí solo. Así que ha llegado el momento de que vengan a reunirse con nosotros y zarpar. ¡Cuanto antes mejor!

Lacemis obedeció.

–Listo –dijo.

–¡Estupendo! ¡Pongámonos manos a la obra! Primero embarcaremos a Alomes; después, las cajas de estofado. ¡Cuidado con las cámaras! ¡Procura evitarlas!

Sorteando el punto de mira de las cámaras de vigilancia, los amigos trasladaron el cuerpo sonriente del nuevo viajero.

Lacemis se preguntaba qué dirían los demás sobre la nueva incorporación.

Notorius se sentía feliz y apenado a la vez. Feliz por salvar a otro hombre de las fauces de Proteo. Apenado porque... ¡quedaban tantos en la cárcel!

Una pregunta insistente le martilleaba el cerebro. Si Alomes estaba con vida, ¿era posible que su hermana no hubiese muerto en la expedición tal y como habían comunicado a la familia? Si esto era así, posiblemente nunca lo sabría a ciencia cierta. No tardaría en hallarse muy lejos de las intrigas y maldades de la ciudad de las cúpulas.

XII

Carso, Laita y los acompañantes se dirigieron a toda prisa a la salida de Distrito V. Antes de alcanzarla, un joven se interpuso en su camino.

–¿Adónde se supone que vas? ¿Has perdido el juicio?

El falso camarero tomó la mano de Carso y lo empujó hacia un pasillo alejado del tumulto de clientes.

–¿Quién demonios eres tú? –le espetó Carso.

–No tenemos tiempo para explicaciones. En el bloc has escrito que estás de acuerdo con mi propuesta. ¿Acaso te retractas?

Carso hubiese querido gritar; sin embargo, sabía que no estaba en disposición de elegir.

–No –dijo escuetamente.

–En ese caso, seguidme. Yo os sacaré de aquí sin que las cámaras os puedan detectar. ¿Adónde nos dirigimos? –preguntó.

Laita y Carso se miraron. ¿Quién era aquel tipo? ¿Qué pretendía? ¿Qué determinación debían tomar con respecto a él?

No tenían tiempo para meditar. El aviso de Notorius era urgente. Además, si habían detectado la emisión, no disponían de muchos minutos para pensar: o los hombres de Arginal los atrapaban o el falso camarero los detenía.

–¿Crees que podemos confiar en él? –murmuró Laita.

Carso lo ignoraba. Consultó con la mirada a Nartis. Quizá él podía apreciar algún detalle que a ellos se le escapaba.

El acompañante negó con la cabeza. No podía ayudarlos. El resultado de sus análisis no arrojaba luz alguna sobre la identidad del desconocido.

–No sé a qué estáis esperando. Sabes que, sin mi ayuda, no tienes la más mínima posibilidad. Tan pronto te aproximes a un pasillo las cámaras se clavarán en ti como las rémoras a los tiburones.

Carso resopló agobiado. Se pasó la mano por el rostro procurando pensar con claridad.

Carecía de sentido informar a un desconocido de la dirección que debían tomar. Necesitaba conocer su identidad y sus intenciones. No obstante, como bien decía el falso camarero, no contaban con tiempo suficiente para recopilar datos. Su única opción era lanzarse y rogar a Neptuno que les echase una mano.

–¡Ala 29! Embarcadero de Lasal –musitó al fin.

Los ojos del camarero se iluminaron.

–¡Estupendo! ¡Mañana es la fiesta del invernadero! ¡Nos viene de perlas!

No dijo más. Empujó a los jóvenes y a los acompañantes al interior del almacén de Distrito V. Antes de que Carso penetrara, lanzó una caja contra la única cámara de la estancia y la dejó fuera de juego.

–¡No os preocupéis! Esta cámara se estropea con mucha frecuencia. Nadie se alertará por ello.

El joven se abrió paso hasta el rincón más alejado de la dependencia. Allí, a toda velocidad, apartó sacos, cajas, botellas... hasta que un contenedor con ruedas quedó a la vista.

–¡Listo! No es muy sofisticado pero servirá.

Laita y Carso se miraron confundidos.

–¡Vamos, no tenemos todo el día! –dijo el falso camarero señalando el contenedor.

–¿No pretenderás que me introduzca en esa cosa? –preguntó atónito Carso.

–¿Tienes una idea mejor? Te cubriremos con víveres y bebidas. Si alguien nos pregunta diremos que son para la fiesta de Lasal.

–¡Es una locura! –protestó Laita–. Nos descubrirán igual. Nartis no puede pasearse por todo Proteo sin su huésped. ¡Es ridículo! Tan pronto lo detecten a él o a mí, todo tu plan se desmoronará como un castillo de arena.

–No lo creas. No os detectarán. Las cámaras han sido manipuladas para seguir al ciudadano Carso. Han introducido sus datos y su imagen en el ordenador central de seguridad. La máquina es muy lista, pero no tanto como para detectar a seres de los que no dispone información. Yo, por supuesto, no traigo a mi acompañante al trabajo. Nartis puede pasar sencillamente por el mío.

El biorrobot se revolvió nervioso. La idea de cambiar de huésped se le hacía insoportable.

–¿Cómo puedes estar enterado de todas esas cosas? ¿Cómo sabes qué es lo que han manipulado en el ordenador?

El camarero agitó la cabeza.

–No tenemos tiempo. ¡Adentro!

Carso suspiró. Dedicó una mirada apenada a sus compañeros y se introdujo en el contenedor.

–¡Ayudadme! –solicitó el falso camarero.

Laita y los dos seres sintéticos amontonaron sobre el joven Carso tantos objetos como pudieron.

–¿Puedes respirar? –preguntó la chica.

–Sí –fue la escueta respuesta que llegó desde las profundidades del contenedor.

–¡En marcha! Todos detrás de mí. Que nadie diga una palabra ni realice ningún gesto extraño. Somos un grupo de operarios, encargado de los preparativos para la fiesta de Lasal. Si alguien pregunta, esa es nuestra versión de los hechos. Mejor será que permanezcáis en silencio y me dejéis hablar a mí.

Laita no sabía qué pensar. Aquel tipo que acababa de aparecer en sus vidas estaba tomando las riendas de la expedición, sin que ellos pudiesen hacer nada por evitarlo. Esperaban que no fuese una trampa y que, al salir de Distrito V, no los estuviese esperando Arginal con una patrulla.

–Aramis y Nartis, vamos –dijo la muchacha percatándose de que los acompañantes precisaban de una orden clara de sus labios. Estaban tan confundidos como la propia Laita.

XIII

El contenedor se abría paso entre la multitud de personas que acudían a la zona de ocio. Laita, Nartis y Aramis lo seguían de cerca.

–¡Abran paso, amigos! –pregonaba el falso camarero.

Laita sentía cómo el corazón le palpitaba desaforadamente en el pecho. Temía que cualquiera de las personas que rebasaban se percatara de que Nartis caminaba sin su huésped.

–No te separes de nosotros –le dijo al ser sintético.

La zona de ocio iba quedando atrás. El número de individuos que atestaban los pasillos descendía. Pronto tendrían el camino libre. Sería el momento de lanzarse a la carrera. Los nervios de la joven no aguantarían mucho más.

–Espero que Carso resista ahí abajo –se dijo–. ¿No deberíamos ir en ascensor? –preguntó la muchacha deteniéndose ante uno.

El camarero negó con la cabeza y continuó empujando el contenedor. Estaba prohibido utilizar los ascensores para el traslado de carga. Afortunadamente, el joven conocía a la perfección el reglamento.

Laita suspiró, se volvió para verificar que nadie los vigilaba y se decidió a seguir al camarero y a Nartis, que no se alejaba del contenedor ni un solo metro.

–¡Qué sorpresa, amiga mía!

Aquella voz consiguió que la sangre de la joven se le helara en las venas.

–¡No hacemos más que tropezarnos últimamente!

¡Arginal! ¡No podía ser otra! ¡Estaba allá, ante ella, recién salida del ascensor frente al cual se había detenido!

Laita sintió cómo el cuerpo se convulsionaba. A su izquierda, el pasillo continuaba durante muchos metros. En él un joven y un acompañante empujaban un contenedor de bebidas.

La joven sonrió repentinamente del modo más amable que pudo conseguir. Debía llamar la atención de Arginal para que esta no girase la cabeza antes de que el camarero y Nartis trazasen la curva del final del corredor.

–Sí, es sorprendente. Ni que lo hiciésemos a propósito –dijo la muchacha aparentando tranquilidad.

–¿Qué has venido a hacer por aquí? –inquirió la mujer del pelo anaranjado.

–Ya sabes. Disfrutar de la vida. Un poco de diversión nunca está de más.

Arginal no parecía tragarse el cuento. Sus ojos vidriosos estudiaban con detenimiento el rostro de la joven, como si pudiese leer en él el verdadero motivo de la visita a la zona de ocio.

Laita contempló de soslayo a Aramis. Su expresión de terror era estremecedora. La joven estuvo a punto de desmayarse. Supuso que el extraño acompañante andrógino de Arginal, Porton, estaba intentando acceder a los datos de su unidad central para analizarlos. Aramis estaba siendo agredida por aquella bestia.

–¿Qué está haciendo ese monstruo con mi acompañante? No te creas que no conozco la ley. No tienes derecho a examinarla sin una orden. ¿La tienes acaso?

Arginal sonrió malévolamente. No la tenía y no existía en todo Proteo alguien capaz de obligarla a que la solicitara. La ciudad había entregado la ley a un personaje macabro y ése era el resultado de semejante insensatez.

La esbelta mujer de pelo anaranjado soltó una estruendosa carcajada, echando para atrás la cabeza.

A lo lejos pareció divisar algo, pues se volvió de inmediato. Laita la imitó.

El falso camarero y Nartis acababan de trazar la curva empujando el contenedor.

–¿Qué está pasando aquí? –preguntó Arginal volviéndose a Porton–.¿Ése era Carso?

El acompañante negó con la cabeza.

–¿Dónde diablos está?

–Tendría que seguir en Distrito V, aunque las cámaras parecen haberlo perdido de vista. Me permito informarle, de todos modos, de que el acompañante que caminaba al lado de ese hombre...

Laita abrió la boca aterrorizada. ¿Cómo podía impedir que aquel monstruo delatase a Nartis?

No tuvo tiempo de tomar cartas en el asunto. Aramis se abalanzó sobre Porton empujándolo contra el ascensor. La rápida reacción de la acompañante de Laita cogió por sorpresa al artefacto biológico, que se estrelló contra el fondo del ascensor.

Laita no se lo pensó dos veces. Aprovechando la confusión de la espectacular Arginal, la invistió clavándole con todas sus fuerzas la cabeza en el estómago. El cuerpo de la jefa de seguridad central de Nexus salió despedido de igual modo que su androide.

–¡Atranca la puerta! –gritó Laita.

Aramis se precipitó a cambiar los códigos de apertura del ascensor para, al menos, ganar unos minutos. Sabía que, con la habilidad de Porton, tardarían apenas unos instantes en librarse de la improvisada cárcel.

–¡Corramos! –exclamó la joven.

Tenían que salir huyendo. Debían alcanzar a los otros y partir. La expedición estaba a punto de fracasar, pero con rapidez podían salir del atolladero.

–¿Qué es lo que ha pasado? –preguntó el camarero cuando fue alcanzado por Laita y Aramis.

Esta no contestó. Sumó los brazos al del resto de sus compañeros y empujó con fuerza el contenedor en dirección a Lasal.

–Tenemos problemas, Carso. Arginal nos persigue.

El joven se abrió paso entre un sinfín de cachivaches y bebidas.

–¡Ya está bien de tonterías! –dijo saltando del contenedor–. ¡No os detengáis!

El contenedor quedó abandonado en medio del pasillo. Tres humanos y dos biorrobots corrían a velocidad trepidante por los pasillos metálicos de Proteo. En una ciudad dominada por la tecnología, solo la capacidad física de sus piernas podría salvarlos.

–¡Nos persiguen! –anunció el camarero–. ¡Seguid vosotros! Intentaré detenerlos.

Un tropel de sonoras pisadas corrían sobre sus pasos. Arginal había dado la voz de alarma. Una patrulla de seguridad intentaría darles caza.

–¿Te has vuelto loco? –gritó Carso al percatarse de que el camarero se detenía en el pasillo–. Te atraparán.

El joven agitó la mano indicando que se olvidasen de él y que siguiesen. Carso se lo pensó un instante. Después de todo, el camarero les había ayudado; no podía abandonarlo a su suerte.

–¡Déjalo! –le gritó Laita–. Ni siquiera sabemos quién es.

Las cámaras del pasillo enloquecían intentando seguir la atropellada carrera del humano. Carso accedió a la petición de Laita. Aún estaban a tiempo de intentarlo. Tenían que salir de Proteo inmediatamente.

–Advierte a Lacemis. Dile que ponga la nave en marcha. Tenemos que ganar tiempo.

Sin abandonar la carrera, Nartis se comunicó con el acompañante de Notorius.

Los fugitivos trazaron la última curva. Allá, a lo lejos, divisaron la puerta de Lasal contigua a la del taller.

Tras ellos escucharon unas estruendosas explosiones.

–¡Disparos! –gritó Laita.

El alma le cayó a los pies. Ella había accedido a dejar atrás al camarero y ahora él había dado su vida por ellos.

Carso no la dejó detenerse. La obligó a seguir avanzando, sin aflojar la marcha.

Jadeando, y a punto de sufrir un colapso, alcanzaron las puertas.

–¡Maldita sea! –bramó Carso–. Han manipulado los controles de acceso. Están bloqueadas.

Nartis se abrió paso entre ellos.

–No va a ser fácil –dijo tras verificar el estado de los precintos.

Laita se volvió hacia el otro lado del corredor esperando a la patrulla.

–¡Estamos acabados! –se dijo.

Carso se acercó a una de las cámaras que incesantemente lo apuntaban.

–¡Ronando, abre la puerta! Te lo ordeno.

Una voz que brotó desde algún altavoz situado en el corredor respondió a la orden de su jefe.

–Lo siento; no puedo hacerlo. Mandos superiores han ordenado su arresto. Ha sido degradado. No me es posible obedecer sus órdenes.

Carso se percató de la angustia del subalterno. Ronando era un buen muchacho, un amigo. La situación en la que se encontraba no era envidiable. En ninguna otra circunstancia Carso hubiese optado por presionarlo y ponerlo en semejante brete. No obstante, se estaba jugando la

vida y la de sus camaradas. Debía dejar a un lado ciertos miramientos y actuar.

–Sabes que no pueden degradarme sin un informe oficial del zenit. Esto es muy irregular, Ronando. Tienes que abrirnos la puerta. Nos matarán y tú serás el culpable.

El muchacho no respondió. Carso podía intuir la lucha interna que tenía lugar al otro lado de la cámara.

–Por favor, no nos entregues –suplicó el jefe de seguri dad del ala 29.

–¡A la mierda todo! –gritó el joven–. ¡Está bien! Jamás seré piloto. No consigo aprenderme el temario.

–Está accediendo a los códigos –anunció Nartis encantado.

–¡Daos prisa, por favor! –suplicó Laita sin apartar los ojos del final del pasillo–. Están a punto de llegar.

–¡No puedo! –exclamó la voz de Ronando–. Me deniega el acceso. Es imposible abrir las puertas.

La noticia calló como un mazazo en los fugitivos. Estaban atrapados como animales en una jaula. Las cosas no podían sino empeorar.

–¡Ya vienen! –anunció aterrada la chica.

Laita escuchaba con claridad unos pasos, que se aproximaban a velocidad trepidante.

Un hombre trazó la curva agitando sin cesar los brazos.

–¡Apartaos de la puerta! ¡Hacedme paso!

La muchacha descubrió atónita al falso camarero, que volaba hacia ellos empuñando un extraño artefacto.

–¡Cuidado! –advirtió Carso–. ¡Tiene un arma!

–¿Un arma?

Laita no podía creérselo. ¿Quién diablos era aquel tipo que había conseguido librarse de una patrulla de seguridad y que, además, portaba un arma?

–¡Atrás todos! –gritó el falso camarero nada más llegar.

Los fugitivos se echaron a un lado. El joven apuntó el arma contra la puerta de Lasal.

–¡Tapaos los oídos!

Se produjo la explosión. El controlador de la puerta saltó en mil pedazos. Las mamparas metálicas se abrieron de par en par.

–¡Aún no está todo perdido! –vociferó el camarero penetrando en el invernadero–. ¡Corred! ¡Embarcad aprisa! Intentaré entretenerlos.

Humanos y sintéticos se precipitaron al embarcadero. Los motores de la nave de carga rugían aguardándolos.

El camarero sembró el camino con varios artefactos, que debían explotar al menor roce.

–¡Qué bárbaro! ¿Y esto es una fuga secreta? Seguro que en la fiesta de mañana no habrá tanto jaleo. ¡Será estupendo! ¡No estaremos aquí para verla!

Notorius se hallaba en la entrada de la nave ayudando a los recién llegados a embarcar.

–¡Cuánto me alegro de verte! –exclamó Carso.

Una ráfaga de explosiones impidieron las bienvenidas. La patrulla acababa de acceder al invernadero. Afortunadamente, los regalitos del camarero habían sido muy efectivos.

–¡Cerrad las puertas! ¡Nos largamos! –bramó el joven tras catapultarse en la nave de un salto.

–¿Quién es este tío? –preguntó atónito Notorius.

Nadie podía contestarle. Los fugitivos aún permanecían boquiabiertos pensando en las sorprendentes actitudes que había demostrado poseer el desconocido.

Nartis ocupó rápidamente su lugar, al lado de Lacemis.

–¡Me hago con los mandos! –anunció.

Los pasajeros se acomodaron por donde pudieron. La nave no disponía de más asientos que los de los pilotos.

–¡Sujetaos con fuerza! ¡Nos marchamos! –gritó Nartis.

La nave se alejó del embarcadero y tocó al fin el agua. Las escotillas estaban precintadas; los motores, dispuestos. Era el momento de zambullirse en las profundidades. El agua comenzó a avanzar a través del casco. Laita, sentada en el suelo muy cerca de una ventana, advirtió cómo la nave comenzaba a hundirse.

–Nos vamos –musitó aún sin llegar a creérselo por completo.

El vehículo de carga abandonó Lasal y se sumergió en el océano.

–¡Estamos fuera! ¿No es alucinante? ¡Lo hemos conseguido!

Notorius intentó levantarse y saltar de alegría. Carso se lo impidió.

–¡Siéntate y calla! ¡Esto no ha hecho más que empezar!

XIV

Laita vislumbró la ciudad de Proteo 100-D-22 a través de su ventana.

El invernadero, en el que había trabajado durante años, se alejaba de ellos y las lunas cubiertas de sirenas y medusas de Distrito V se aproximaban lentamente.

La gente se apelotonaba en su interior, riéndose, charlando y jugando en las mesas, sin percatarse de que una nave de carga huía de la ciudad con los fugitivos en su interior.

Nartis y Lacemis permanecían sentados ante los controles, dirigiendo la fuga sin contratiempos.

–Hay peligro de infarto a bordo –susurró Aramis a su huésped.

La muchacha volvió la cabeza preocupada. Carso, el camarero y Notorius permanecían sentados en la sala de carga, aparentemente tranquilos.

–Creo que te has equivocado –le dijo la joven.

Aramis negó con la cabeza. Percibía con claridad unas constantes vitales alteradas por el miedo.

–¡Nos largamos! ¡Aún no me lo creo! ¡Es una pasada!

Los gritos de Notorius interrumpieron la conversación del huésped y su acompañante.

–¡Somos imparables!

Una vez más el joven intentó ponerse en pie. Necesitaba imperiosamente brincar de alegría.

El cuerpo de Notorius salió despedido contra la pared de la nave.

Una espantosa explosión había agitado el interior del sumergible, como si fuese de papel.

–¡Nos persiguen! –gritó Nartis–. Tres pequeñas naves patrulla se nos acercan.

–¡Están disparando! –exclamó Laita angustiada.

El camarero se incorporó y corrió hacia los pilotos. En una pantalla contempló tres pequeños puntos que se aproximaban a toda velocidad, intentando hacer blanco en ellos.

–¡Sujetaos fuerte! –advirtió al pasaje.

–¡Vamos a morir! ¡Es espantoso! ¡Explosionaremos! ¡Otra vez no!

Notorius abandonó su anclaje cerca de una pila de cabos y se deslizó hacia el rincón más apartado de la sala de carga.

–¿Quién diablos está hablando? –preguntó confundido Carso. Le había parecido escuchar una voz extraña.

La nave se agitaba a causa de los disparos, fallidos de momento. A Notorius no le quedó más remedio que arrastrarse a cuatro patas hasta el hueco que quedaba entre la pared y una polea. Allí un hombre se quejaba amargamente.

Carso le siguió hasta el escondrijo. No tardó en descubrir el cuerpo tumbado y cubierto por una manta.

–¡Notorius! ¿Qué significa esto?

El joven se encogió de hombros. Sabía que su amigo estaría enfadado con él durante buena parte del viaje. Quizá se había pasado un poco al incorporar a Alomes a la expedición sin contar con la aprobación general. Pero, ¿acaso ellos no se habían traído a aquel tipo raro que estaba con los pilotos?

La discusión tuvo que posponerse. La nave se agitó de modo que todos salieron despedidos hacia un lateral del vehículo submarino.

–¡Enderezadla! –gritaba el falso camarero intentando sujetarse a los asientos de los pilotos.

–Son muy rápidos –dijo Nartis–. Esas naves son mucho más veloces que la nuestra.

Laita se hallaba incrustada en el joven Carso, que a su vez estaba literalmente encima de Notorius. Aramis era la única que había conseguido mantenerse en su puesto.

–El hombre está enfermo –le dijo la joven a Carso–. Aramis me lo ha dicho. Nos va a dar muchos problemas.

Carso asintió. Para variar, la expedición se complicaba por momentos. Al menos estaban fuera y vivos pero... ¿por cuánto tiempo?

–Dile a Aramis que lo atienda. Necesita calmarse. Está muy excitado –dijo Carso escuchando los lamentables gemidos del polizón.

–¡Sujetaos! ¡Viene otra! –anunció el camarero.

El pasaje se asió a donde pudo, procurando mantenerse fijo en su posición. En aquel momento la nave se bamboleó frenéticamente.

–¡Ha pasado muy cerca! –murmuró Laita.

–Tenéis que dar la vuelta ahora mismo. ¡Acercaos a Proteo! ¡Es nuestra única oportunidad! –bramaba el camarero.

Carso se incorporó de inmediato. No iba a permitir que abortaran la fuga. No. ¡Aún no! Si le echaban valor, podrían conseguirlo.

El joven corrió hacia la cabina.

–¡Ignoradle! –les ordenó a los acompañantes–. Seguiremos el plan establecido. Intentaremos ascender. Esas naves no tienen capacidad para soportar los cambios de presión. No podrán seguirnos.

–¿Has perdido la cabeza? Si nos apartamos de Proteo, te aseguro que no fallarán. Aproximándonos a la ciudad impediremos que se atrevan a dispararnos.

Carso suspiró aliviado: la teoría del camarero parecía sensata. Por lo menos, no intentaba entregarlos a la patrulla.

–No ganaremos nada con permanecer pegados a la ciudad. Tenemos que largarnos lo más aprisa posible. Si les damos tiempo, dispondrán de alguna nave de mayor capacidad para perseguirnos.

–¡No creo que se atrevan a seguirnos! No hay gente tan loca como nosotros. ¡Pienso que es mejor aguardar!

Carso se volvió hacia el pasaje.

–¿Vosotros diréis? ¿Nos ponemos a tiro e intentamos ascender o nos acercamos a Proteo para ocultarnos entre las áreas de la ciudad? Sabéis el peligro que implica cualquiera de las dos opciones. Nos jugamos la vida.

–¡Vámonos de una vez! –gritó Notorius–. ¡A estas alturas deberíamos estar más lejos! ¡Voto por ascender!

Laita asintió con la cabeza. Si iban a morir, al menos que fuese rápido.

–¿Tú que dices, Lacemis? –preguntó Notorius.

Lacemis se ruborizó al ser consultado ante otros humanos que no eran su huésped.

–¡Voto por ascender! –coreó el ser sintético.

Nadie más fue consultado. El falso camarero agitó las manos asumiendo su derrota. La nave se balanceó y todos salieron despedidos sin poder evitarlo. Al menos Aramis sujetaba al enfermo para que no sufriera los vaivenes.

–¿Estáis todos bien? –preguntó Nartis aferrado a los mandos–. No nos han dado por centímetros.

El pasaje respiró aliviado.

–¡Buscad dónde asiros! Voy a aproximarme a la ciudad para calentar bien los motores. Cuando alcance la máxima potencia intentaré catapultar la nave hacia arriba. No va a ser agradable.

–¿Soportará la nave tanta velocidad en el ascenso? –preguntó preocupado el falso camarero.

Nartis asintió. Los vehículos de carga eran muy resistentes.

Laita, Carso y Notorius se sentaron juntos en el suelo, con la espalda en la pared. Aprovecharon unas anillas que sobresalían de la placa metálica para anclarse a ellas.

–¡Estamos listos! –anunció Carso.

El camarero corrió a hacerse un hueco entre ellos.

–¿Va todo bien, Aramis? –gritó Laita.

La acompañante asintió con la cabeza. Ella también se había cogido a una anilla, allá al fondo de la sala. Tenía al enfermo bien sujeto en su regazo.

–¡Cuando quieras! –bramó Carso.

La nave se aproximó a la ciudad. Laita, a través de la ventana, contempló los rostros perplejos de los clientes de un local de la zona de ocio. Toda Proteo debía estar ya enterada de la batalla naval que se estaba produciendo en el exterior. Se hablaría de esto durante meses. La joven esperaba que los recordaran como fugitivos, no como cadáveres.

Los motores comenzaron a rugir y la patrulla dejó de disparar. Podían reventar algunas áreas de la ciudad.

Las tres pequeñas naves comprendieron de inmediato las intenciones de los fugados. El pasaje observó aterrado cómo la patrulla tomó posición justo frente a ellos, por encima de la ciudad. Tan pronto se aproximaran a ellos dispararían. A esa distancia la ciudad submarina no peligraba.

Laita cerró los ojos. Tomó la mano de Carso y la aferró con fuerza.

La mano de Notorius le asió la otra.

–Saldremos de ésta –murmuró el muchacho.

Sin embargo, su rostro congestionado no aparentaba estar muy convencido.

La nave de carga parecía estar a punto de reventar. El pasaje y todos los objetos del interior se agitaban a causa de las vibraciones.

–¡Estamos dispuestos! –dijo Nartis.

Lacemis, sentado en el asiento del copiloto, pulsó dos teclas. Fue, entonces, cuando Nartis les advirtió.

–¡Allá vamos!

Nartis tiró de la palanca de ascenso. El sumergible comenzó a elevarse a toda velocidad.

El pasaje mantenía las mandíbulas bien apretadas. Las terribles vibraciones les obligaban a ello. El vehículo de carga ascendía vertiginosamente. Los oídos se resentían del cambio brusco de presión.

–¡Nos acercamos a su línea de tiro! –exclamó Lacemis.

Todos se prepararon para una posible explosión. Los corazones latían desbocados esperando no tener que sentirla.

La nave botó como si hubiese chocado contra el suelo y hubiese remontado altura. Los cuerpos del pasaje se elevaron sobre el piso metálico.

Tras un disparo, vino otro y otro y otro. Las anillas de las paredes no consiguieron soportar los tirones. Fueron arrancadas de cuajo. Los muchachos rodaron sin orden ni concierto por la sala de carga.

La nave continuaba su trepidante ascensión. El ataque era masivo; sin descanso, sin piedad. Los disparos se sucedían y el tiro era cada vez más ajustado. Los integrantes de la nave iban de un lado a otro, chocando entre ellos, impactando con los objetos de la nave y colisionando con paredes y techo.

Quizá fueron los golpes, quizá las explosiones... posiblemente las excesivas vibraciones... el caso es que el mundo se volvió negro y frío en un principio; silencioso y tétrico, después; y terminó en calma total.

XV

—¡Lo hemos conseguido! ¡Estamos a salvo!

Nartis y Lacemis abandonaron los asientos de la cabina y se abrazaron alborozados como si fuesen dos seres humanos. Sus unidades centrales habían tenido que soportar descargas inconmensurables de emociones. Sus cuerpos sintéticos habían tenido que aguantar vibraciones de gran intensidad. Y todo con éxito. La tensión liberada les había hecho saltar de alegría como nunca antes jamás. Era una experiencia fascinante.

Lacemis fue el primero en percatarse del silencio que reinaba en la sala de carga. El acompañante se precipitó en busca de su amigo Notorius.

Los cuerpos del pasaje yacían aquí y allá, tumbados en la nave. El androide sabía que el corazón de su huésped aún latía. En caso contrario, lo hubiese detectado de inmediato. Sin embargo, podría presentar alguna lesión. Lace-

mis estaba seguro de que no conseguiría evitar un cortocircuito si verificaba sus sospechas.

Se arrodilló cerca del joven. Respiraba pero estaba inconsciente. En el costado derecho, bajo la piel, el ser sintético abrió una dependencia y extrajo un maletín de primeros auxilios. Con una aguja hipodérmica introdujo la dosis requerida para el shock que tenía. La reacción de Notorius fue inmediata.

–¿Estamos muertos? –murmuró al abrir los ojos.

Lacemis sonrió. Su corazón dio un brinco.

–¡Lo hemos conseguido! ¡Somos fugitivos! ¡Hemos escapado de Proteo!

Notorius esbozó una amplia sonrisa. Las lágrimas corrieron libremente por su rostro.

Lacemis, llevado por la emoción, se echó la mano al rostro para secarse su propio llanto. Se percató, entonces, de que sus mejillas estaban secas. Él no podía llorar.

–¡Amigo Lacemis, estamos fuera! ¡Lo hemos logrado!

La recuperación de Notorius fue asombrosa. Se puso de pie de un salto y corrió a auxiliar a sus compañeros que estaban siendo atendidos por Nartis.

–Están todos perfectamente –dijo el acompañante para tranquilizar al joven.

Fue, entonces, cuando se acordó de Alomes. Notorius se precipitó al rincón donde lo había ocultado. El rostro sonriente de Aramis lo recibió.

–¿Lo hemos conseguido?

–¿Acaso lo dudabas? ¡Por supuesto! ¡Nos dirigimos al sol! Pronto los rayos calientes del astro rey nos rozarán el cuerpo. ¿Sabías que los terrestres aprovechaban los rayos para cambiar la piel de color?

Aramis negó con la cabeza.

–El enfermo se encuentra estupendamente. Le he suministrado un fuerte calmante. Dormirá durante horas –dijo recordando que la labor más importante de un acompañante era cuidar a los seres humanos.

Los pasajeros fueron recuperando la conciencia, gracias a la atención esmerada de los seres sintéticos.

–¡No me lo puedo creer! –murmuraba Laita conteniendo las lágrimas–. ¡Hemos abandonado Proteo!

Carso y el falso camarero se rozaban las palmas de las manos sin dejar de sonreír.

–¡Estuvimos muy cerca del fracaso! Aun así lo hemos logrado. ¡Es toda una hazaña!

Carso no se olvidó de felicitar a Nartis y a Lacemis. Si no hubiese sido por su colaboración, no habrían conseguido alejarse de la ciudad submarina.

–¿Ha sufrido la nave algún desperfecto? –preguntó Carso volviendo a la realidad.

Aún les quedaba mucho camino por recorrer. La aventura no había hecho más que empezar.

–Ninguno –comunicó Nartis–. Debemos reconocer que la tecnología de Proteo es casi un prodigio. El sistema regulador de presión es magnífico. No ha fallado, a pesar de saltarnos las recomendaciones de velocidad. La potencia es inmejorable. La nave obtiene su propia energía del océano y genera el aire que consumimos. ¡Estoy impresionado! ¡Es prodigiosa!

–Así debíamos llamarla: *La prodigiosa* –dijo Notorius todavía exultante de alegría.

Los demás parecieron estar de acuerdo. Aquella nave les iba a llevar a la superficie terrestre, en uno de los viajes más alucinantes de sus vidas.

–Hablando de nombres... –intervino Carso– creo que es el momento de sentarnos a charlar –dijo volviéndose a mirar al falso camarero–. Ni siquiera sabemos cómo te llamas.

–¡Eso! –exclamó Notorius–. ¿De dónde ha salido este tipo?

Carso se volvió hacia él malhumorado.

–Tú también tienes cosas que explicar.

Notorius calló de inmediato.

–Mi nombre es Sardero y el suyo –dijo señalando al enfermo tumbado en el regazo de Aramis–, Alomes.

Los ojos se clavaron en Sardero. Un escalofrío recorrió el cuerpo de Carso. Algo le decía que estaba a punto de escuchar una historia poco reconfortante. Desde luego, el falso camarero no podía hacerse pasar por un ciudadano corriente de Proteo. Portaba armas que el propio Carso, siendo jefe de seguridad, ni había visto ni había llevado; además sus conocimientos técnicos eran muy superiores a los presentes.

La expresión de sorpresa de Notorius arrojaba un nuevo elemento misterioso en aquel personaje. Conocía al enfermo que el joven había introducido en la expedición.

Demasiados enigmas y demasiados intrusos, pero mientras no abandonasen *La prodigiosa* sus destinos estaban unidos. Una vez en el exterior la situación podría cambiar radicalmente.

Carso ordenó a Nartis que utilizara las coordenadas que Latorius, su padre, les había proporcionado en el mapa, coordenadas del mundo exterior de hacía siglos. Un antiguo territorio llamado Groenlandia les aguardaba. Era el punto continental más próximo a su posición.

–Estamos aguardando tu relato –dijo volviéndose al camarero.

Todos se sentaron a su alrededor esperando a que desvelara el misterio que lo rodeaba.

XVI

–Desde luego, no soy camarero –dijo Sardero sintiendo que todas las miradas se clavaban en él–. Pertenezco a los nocturnos.

El hombre hizo una pausa esperando recibir un aluvión de comentarios. Pero nadie emitió ni el más mínimo sonido. Aparentemente, la palabra *nocturnos* no les decía nada. Carso instó a Sardero a que continuara el relato.

–Veo que ignoráis por completo la existencia de esta agrupación secreta.

–¡Toma, claro! Si es secreta, ¿cómo íbamos a conocerla? –exclamó Notorius.

El joven aprovechó la pausa para acercarse a las cajas de estofado, que había asegurado en un pequeño departamento para herramientas. Su estómago rugía hambriento. Él estaba dispuesto a saciarlo.

–Déjalo continuar –le recriminó Carso.

–Es cierto que, para los proteicos, *nocturnos* no significa nada. Aun así, pensé que Carso, siendo vuestro líder y habiéndoos embarcado en esta fascinante aventura, tendría al menos una pequeña referencia de las actuaciones del grupo.

Todos los presentes negaron con la cabeza, incluidos los acompañantes.

–Tu padre nos advirtió de vuestras intenciones –dijo Sardero.

–¿Latonius? –preguntó sorprendido Carso–. ¿Mi padre nos ha delatado? –el joven no salía de su asombro.

–¡Por supuesto que no! –se apresuró Sardero a aclarar–. Cuando averiguó vuestros propósitos, pensó que necesitaríais ayuda. Comunicó solapadamente con los nocturnos y aquí me tenéis.

El hombre sonrió satisfecho por las explicaciones que acababa de pronunciar. Los integrantes del grupo lo contemplaban boquiabiertos.

–¿Y eso es todo? –inquirió Notorius con la boca llena de estofado de marteres–. Pues menuda historia sin sentido.

Carso se puso en pie, molesto por la pantomima.

–Será mejor que nos digas, de una vez por todas, qué pretendes, quién eres y qué esperas de nosotros.

–Soy un agente de nocturnos; ya os lo he dicho.

–¡Un agente secreto! –exclamó Laita con los ojos abiertos como platos–. He leído historias antiguas de espías y cosas por el estilo. ¡Este tío nos está tomando el pelo! –declaró mirando a Carso.

Él era de la misma opinión.

–Empieza por decirnos, de una vez, qué es eso de nocturnos.

–¡Nocturnos! ¡No! ¡No sé nada de ellos! ¡Por favor, dejadme en paz!

Las cabezas se volvieron hacia el rincón del que provenían los gritos. Aramis se esforzaba por calmar al enfermo, que se agitaba como queriéndose quitar de encima a alguien.

–¡Dejadme! ¡No sé nada! –repetía sin cesar.

–Alomes era el compañero de mi hermana –dijo Notorius dejando a un lado el recipiente de estofado–. Tú la conociste –le dijo a Carso.

El joven asintió. Siempre recordaba a la eminente científica con una sonrisa en la boca y alguna golosina para los amigos de su hermano.

–Siempre pensé que Alomes había perecido con ella en la expedición submarina. Cuando lo encontré en el invernadero, no pude resistirme y lo traje con nosotros. Está en muy mal estado. Proteo lo ha torturado hasta la saciedad.

–Él, en su juventud, era uno de los nuestros –añadió Sardero.

–¿De los vuestros? –gritó Carso indignado–. ¿Puedes decirnos, de una vez, a qué os dedicáis?

–Somos la oposición al zenit. Nada más que eso, pero, tal como están las cosas en la ciudad, no hay que oponerse a las normas del Central. Tú has experimentado en tus propias carnes cómo reaccionan con solo exponer una postura contraria al zenit y a sus seguidores. Muchos científicos, intelectuales y personas de bien han tenido que agruparse

para poder defender sus ideas. ¿Acaso pensabais que únicamente a vosotros se os había ocurrido regresar a la superficie?

Carso siempre lo había creído así.

–¡Nada de eso! Muchos otros han intentado potenciar investigaciones sobre la situación de vida en el exterior. Desde la fundación de Proteo existían personas que pensaban que toda la ciudad estaba obligada a regresar a la superficie y poner en conocimiento de los supervivientes su tecnología. En principio, el miedo al virus ET impidió las expediciones. Después, cuando descubrimos la vacuna, la comunicación con el exterior se había interrumpido. No había nadie ya. Los que miraban hacia el sol decayeron en número, y fue la oportunidad de los que volvían los ojos a las profundidades del océano. A partir de entonces, la seguridad central se encargó de controlar a aquellos que habían manifestado sus intenciones de volver a la superficie. Hace siglos de esto, y todavía permanecemos en el mismo punto: el de la represión. Nos consideran revolucionarios, altamente peligrosos y solo dignos de permanecer recluidos en el área de Proscripción, en el mejor de los casos. Pero si tienes un cerebro brillante, como Alomes, te reprograman. Y, si no se realiza correctamente, ahí tenéis el resultado –dijo señalando al delirante enfermo.

Carso comenzó a pasear de un lado al otro de la nave, pensativo. La explicación se le antojaba extraña; más bien deliberadamente incompleta. Pensaba que aquel sujeto les ocultaba algo. Pero... ¿qué?

Notorius se acercó a Sardero hasta encararse con él.

–¿Qué sabes tú de mi hermana? ¿También pertenecía a los nocturnos? ¿Quiénes sois? ¿A qué os dedicáis? ¿Sabes si ella sigue con vida? ¿Ha sido reprogramada? ¿Qué hay de verdad en la explosión que dicen que segó su vida?

El joven lanzó algunas de las preguntas que se le agolpaban en la mente. A Carso se le ocurrían otras más.

Lacemis abandonó la sala de mandos para estar cerca de su huésped. Las constantes vitales de Notorius se habían disparado. Estaba a punto de agredir al intruso.

–No sabría decirte –murmuró este–. Sé que Alomes estuvo desaparecido durante años. Todos pensamos que la explosión de la nave había acabado con su vida. Reapareció hace pocos meses. Entonces, contactó con nosotros. Quería incorporarse de nuevo al grupo. Su estado mental era tan deplorable que tuvimos que negárselo.

–¿Y mi hermana? Iba con Alomes en la expedición submarina cuando se produjo la explosión en la nave. Obviamente, no murieron todos: él es la prueba.

–Intentamos interrogarlo. Sin embargo, como puedes ver, no está aún en condiciones de reconstruir el pasado. Suponemos que transcurridos varios meses podrá recuperarse por completo. El procedimiento al que fue sometido ha tardado muchos años en revelarse inútil. Cada vez sus ataques son de mayor envergadura. Como resultado de ellos, recupera parte de los recuerdos que le fueron robados. El problema es que ya era muy difícil ocultar su locura a los demás ciudadanos. Arginal y el resto de los esbirros del zenit no tardarían mucho en detectar el fracaso de la reprogramación. Se apoderarían de él, y la posibili-

dad de conocer los detalles de la expedición se desvanecería en el aire.

–¿Y qué pensabais hacer con él para alejarlo de las garras de Arginal? –preguntó Carso.

Sardero calló.

–¡Sacarlo de Proteo! –exclamó repentinamente Laita–. Ese tío no trabaja en el invernadero. Al menos hasta ayer no lo hacía. Llevo en Lasal toda mi vida; conozco hasta al último operario. Había oído que iban a realizar una nueva incorporación a la plantilla, pero hasta hoy mismo no se produjo.

–¿Quieres decir que le buscaron un puesto en el invernadero y le encargaron preparar la fiesta para que se topara conmigo? No suena muy convincente –añadió Notorius.

–¿Qué tienes que decir a eso? –inquirió Carso–. ¿Sabíais que íbamos a robar la nave de carga y a fugarnos? ¿Desde cuándo nos estáis espiando? Cuando le comuniqué a mi padre nuestra intención de iniciar la expedición, no le dije nada sobre la nave. No podíais saber que íbamos a utilizar esta nave.

–No puedo responder a vuestras preguntas. ¡Me está terminantemente prohibido haceros partícipes de más información!

–¿Prohibido? –gritó Laita poniéndose en pie de un salto–. ¿Has oído, Carso? Este tipo se cree que está jugando a espías. ¡Estamos en una nave completamente solos! –se dirigió a Sardero–. Proteo ha quedado atrás; quizá, jamás volvamos. Si alguien puede prohibirte algo, somos nosotros: los únicos humanos que verás en mucho tiempo. Posiblemente para el resto de tu vida. ¿A qué vienen esas tonterías?

Laita se frotaba las manos nerviosas. Aquel intruso le ponía la carne de gallina. Acababan de abandonar para siempre Proteo y él continuaba hablando de la ciudad. Su corazón le decía que vigilase a aquel hombre. Sentía que su propósito era regresar a la ciudad submarina. Pero ella no quería volver, ni aunque la nombrasen miembro de honor de los nocturnos.

–Intenta calmarte –le dijo Carso.

–¿Cómo diablos se va a calmar? –vociferó Notorius–. Sabe algo sobre mi hermana. Sabe muchas cosas que no nos quiere contar pero acabará haciéndolo...

Lacemis se precipitó sobre el joven y lo redujo en un solo segundo.

–¡Suéltame, de una vez! Quiero darle a ese tío su merecido. ¿Cómo se atreve a colarse en nuestra expedición y a ponerse interesante con sus historias de espía trasnochado? ¡Nos estamos jugando la vida! ¡No necesitamos cuentos de hadas! ¡Necesitamos respuestas!

–¡No pienso decir nada más! –exclamó el hombre alejándose prudencialmente de Notorius–. No diré nada porque estoy seguro de que entre nosotros hay un topo.

Esta vez su declaración sí cayó como una bomba entre los integrantes del grupo.

–¿Te refieres a un infiltrado de Arginal? –preguntó Carso perplejo.

–Un vil traidor, que no tardará en proporcionar datos sobre nuestra expedición.

–¿Nuestra? –gritó fuera de sí Notorius–. ¡En esta nave no hay nada tuyo! ¡Miserable calamar sin tentáculos!

Carso y Laita tuvieron que ayudar a Lacemis a controlar a su huésped.

–¡Carso! –llamó Nartis desde los controles–. ¡Tenemos compañía! ¡Una nave de Proteo nos persigue!

–¿Cómo es posible? –gritó Carso boquiabierto–. No han tenido tiempo de preparar un vehículo capaz de seguirnos. Las pequeñas naves patrulla jamás hubiesen podido hacerlo.

–Es una nave de envergadura –continuó Nartis–. O mucho me equivoco o es muy parecida a esta.

–¡No puede ser! –gritó Laita.

Carso corrió hacia el panel de control. En la pantalla pudo vislumbrar el punto de luz que señalaba el lugar donde se hallaba la nave enemiga.

–No había otra nave disponible en todo Proteo. ¡Lo sé! Revisé todos los informes: solo esta, que estaba siendo reparada. Las demás estaban en las minas, ocupadas en sus quehaceres.

–Un topo –murmuró Sardero.

Carso confundido clavó los ojos en el hombre. No podía creerse la historia del infiltrado. Si había alguien que quería reventar la expedición, ese no podía ser otro más que el propio Sardero. Laita y Notorius eran sus amigos. Les confiaría la vida sin temor alguno. Si el agente pretendía sembrar la discordia entre ellos, se había equivocado de estrategia.

–¿Qué vamos a hacer ahora? –preguntó Laita aterrada.

Carso se volvió hacia Nartis esperando respuesta.

–No pueden darnos alcance. Les llevamos mucha ventaja y, aunque quisieran, no podrían ir a mayor velocidad. La potencia de los motores es la que es.

–Seguiremos hasta Groenlandia. Una vez en la superficie hablaremos.

–El sol... –murmuró Notorius esbozando una sonrisa.

Después de todo, aquellos miserables calamares no iban a impedirle contemplar al astro dorado con el que tanto había soñado.

–¿Tardaremos mucho en llegar todavía? –se interesó la muchacha.

Nartis asintió.

–Afortunadamente, ahora no necesitamos permanecer días enteros en el interior de una cámara de descompresión para aclimatarnos a las condiciones de la superficie. La tecnología de Proteo ha solventado este problema. No obstante, debemos acceder poco a poco para que la nave se habitúe a los cambios de aire y de presión. Cuando por fin abramos la escotilla podremos caminar sin problemas por la superficie.

Los jóvenes sonrieron satisfechos.

Nartis, por el contrario, parecía muy serio. Nunca antes había realizado un viaje de estas características. En teoría, debería de ocurrir como había explicado. En teoría. En la práctica, todo corría a cargo del intrépido pasaje de la nave. La idea de que los cálculos fueran erróneos, o de que un problema técnico interrumpiera el proceso, inquietaba al máximo a la unidad central de Nartis. Estaba seguro de sucumbir a un colapso de circuitos, si su huésped sufría el más mínimo deterioro a causa de un error de cálculo.

–Será mejor que nos sentemos y nos tranquilicemos –dijo Carso.

En la sala de carga comenzaban a notar los efectos del nuevo aire que respiraban. El sonido parecía distorsionarse y un extraño cosquilleo recorría cada uno de los cuerpos allí reunidos. Incluso la parte biológica de los acompañantes advertía los cambios a los que la nave les iba paulatinamente sometiendo. Aunque quizá no fuese más que nervios.

A Carso le iba el corazón a mil por hora. No estaba preparado para admitir un fracaso, a esas alturas, en la expedición. La idea de un infiltrado no dejaba de rondarle por la cabeza. Sardero era el que tenía más posibilidades de serlo. Sin embargo, no tenía sentido que fuese él y que los pusiera en la pista del traidor. Además no podía olvidar que, gracias al hombre, habían podido embarcar. Sin su ayuda, no habrían iniciado la travesía.

El pobre Alomes seguía gimiendo y murmurando frases ininteligibles. No estaba en condiciones de ser una amenaza para nadie.

Solo quedaban los acompañantes. Carso se estremeció. La sola idea le repugnaba. Nartis, Lacemis, Aramis..., ¡no podía elegir entre ellos! ¿Estarían siendo utilizados por control remoto sin su consentimiento? El joven sabía que esto era totalmente imposible. Si alguien estaba en el bando contrario, estaría colaborando voluntariamente.

El joven se sentó con la espalda pegada a la pared. A su lado, Laita descansaba con los ojos cerrados... pero estaba muy nerviosa. Notorius se sentó junto a su compañera. También se hallaba muy excitado. Al menos encontró un medio de relajarse: el estofado de marteres.

Sardero tuvo el detalle de acomodarse frente a ellos, con la espalda apoyada en la pared contraria. Carso clavó los ojos en él. No pensaba apartarlos hasta que la nave tocase puerto. No lo perdería de vista por nada del mundo.

XVII

Carso observaba fijamente el rostro dormido de Sardero. No parecía hallarse muy preocupado por la idea de viajar al lado de un traidor. Carso, por el contrario, no disponía ni de un minuto de sosiego. Un millar de cuestiones le rondaban por la cabeza y no todas se referían al infiltrado.

Las palabras de Laita durante su disputa con el agente secreto le habían sobrecogido. Notorius ni se había inmutado al escucharla. Parecía que él compartía sus sentimientos.

El joven se percató, por primera vez, de que ninguno de los dos pensaba retornar a Proteo. No habían planeado regresar.

La ciudad necesitaba cambios. Eso era un hecho. El grupo del zenit había mantenido durante siglos su hegemonía, aniquilando sin piedad opiniones contrarias a ellos.

Desde luego, Carso hubiese querido acabar con todo eso. Él soñaba con una ciudad más libre y respetuosa con sus propios habitantes. Apartando del poder la intransigencia y el despotismo del zenit y su Central, Proteo se podría convertir en una ciudad perfecta para vivir y desarrollarse. No había duda alguna de los logros tecnológicos que la base submarina había obtenido desde que empezó a caminar en solitario. Los habitantes eran, en su mayoría, buenos y respetuosos. Apenas se producían conflictos a causa de la convivencia. Solo recordaba un asesinato en todos los años que estaba al frente de la seguridad del ala 29. ¿Qué otro grupo humano tan numeroso, a lo largo de la historia, podía decir lo mismo? No renunciaría. Deseaba volver y abrir los ojos de los que permanecían sumergidos. Quería que su expedición sirviese para crear una ciudad más justa y abierta al universo.

Como decía su padre, no podían ponerle puertas al océano.

Las declaraciones de Laita habían dejado claro que estaba solo en sus pretensiones. Rememorar la frase, que tantas veces había escuchado decir a Latorius, le hizo volver a pensar en su padre. Desde que el agente lo había mencionado, no había dejado de preguntarse qué papel jugaba en la expedición.

La reunión que había mantenido con el anciano en el área de Proscripción ocupaba la mayor parte de sus pensamientos. Recreaba una y otra vez la escena que había tenido lugar en el apartado reducto en el que habían confinado al anciano.

Siempre había pensado que lo habían recluido a causa de

su negativa a someterse a las técnicas de rejuvenecimiento. Pero ahora contemplaba su confinamiento desde otra perspectiva. ¿Y si fuese verdad que Latorius pertenecía a los llamados nocturnos? ¿Y si llevase a cabo actividades secretas de las que él no tenía ni la más mínima noticia? Esto sería un motivo más que suficiente para encerrar a cualquiera en el área de Proscripción.

En toda Proteo no habría nadie que se hubiese atrevido a someter al anciano a ninguna técnica de reprogramación. Su cerebro era demasiado valioso, y sabían que jamás se negaría a ayudar a la ciudad: Latonius era un enamorado de Proteo. Había sido el padre de muchas de las remodelaciones arquitectónicas de la ciudad de las cúpulas, y recibía continuas consultas sobre el diseño y mantenimiento de la urbe.

–No se atreverían a tocar su cerebro –pensó Carso.

El joven intentó recordar los años en los que había convivido con su padre y su madre, desaparecida prematuramente a causa de su negativa a someterse a tratamientos de rejuvenecimiento. Intentaba recordar algo que vinculase a su padre con los nocturnos.

Las reuniones científicas fueron su principal ocupación en su tiempo libre. También se encerraba en su taller y trabajaba en nuevos artefactos. El joven recordaba el perro biorrobótico que le había regalado en su quinto cumpleaños. Jamás nadie había visto un animal de aquella raza. Aún podía evocar el dolor que le produjo separarse de aquel ser sintético. La seguridad del Central le había prohibido tener aquel monstruo, como ellos lo llamaron.

Los gritos de furia de Latonius se escucharon en toda la zona de residencia. Estaba indignado por la crueldad de los agentes que habían arrancado el perro de los brazos de su hijo, sin conmoverse por las amargas lágrimas del pequeño.

Quizá aquello se convirtió en el detonante, pues tras aquel episodio las reuniones científicas fueron más frecuentes y alejadas de casa. Incluso, seguramente, comenzaron a ser secretas.

Carso asintió para sí. Cada minuto que pasaba veía más clara la vinculación de su padre con los nocturnos. Pero... ¿de qué modo había influido él en la expedición? ¿Había enviado a Sardero o este no era más que un espía de Arginal? Le quedaban muchas cuestiones todavía por resolver.

Alomes gemía tumbado en el regazo de Aramis. Ella y Carso eran los únicos que permanecían despiertos en la sala de carga. Los demás llevaban horas descansando. El joven los envidiaba. Tenía demasiadas cosas en la cabeza para poder permitirse un segundo de relax. Se incorporó para aproximarse a la cabina. Nartis y Lacemis permanecían en sus puestos.

–¿Cómo va eso? –preguntó sorprendiéndose por la distorsión de su voz.

–Bien –respondió Nartis–. Es por la mezcla del aire –afirmó refiriéndose a la alteración de la voz.

Carso contempló la pantalla: continuaba el maldito punto de luz de la nave enemiga.

–¿Cuánto crees que les llevamos de ventaja?

–Dos horas como mucho.

–¡Atención nave de carga! ¡Contesten!

Carso y los dos acompañantes respingaron ante la irrupción de una voz femenina en la nave. Nartis consultó el panel de control.

–¡Son ellos! –exclamó–. Están intentando comunicarse con nosotros.

–Sabemos que nos escuchan. ¡Respondan! ¡Esta fuga no tiene sentido! ¡Contesten inmediatamente!

–¿Qué hago? –preguntó Lacemis con el dedo sobre el botón de comunicación.

La voz femenina seguía insistiendo. El alboroto que formaba despertó al pasaje.

–¿Qué es lo que pasa? –preguntó Laita tan pronto llegó a la sala de control.

–Nuestros perseguidores. Intentan contactar.

–¿Arginal? –inquirió Notorius todavía somnoliento.

–No me extrañaría que estuviese en la nave. Es capaz de perseguirme por todo el universo para acabar conmigo –dijo Carso.

Sardero fue el último en aproximarse.

–No perdemos nada hablando con ellos.

Carso lo fulminó con la mirada. No comprendía cómo tenía agallas de dar su opinión. ¡Como si esta pudiese ser considerada sin ningún miramiento! Si había algún infiltrado en *La prodigiosa,* ese era él.

–No tenemos nada que decirles –gritó Notorius.

El joven daba por finalizada su relación laboral y personal con Proteo. Para él, la ciudad submarina había pasado a la historia.

Laita posó la mano en el hombro del muchacho para tranquilizarlo. Comprendía perfectamente su aversión a mantener contacto con el enemigo.

–Al menos conoceríamos sus intenciones –dijo.

–¿Necesitas que te informen sobre ello? –se revolvió Notorius–. No entiendo por qué. Sus intenciones son evidentes. Cuando nos tengan a tiro, nos eliminarán. No pueden consentir que huyamos de su control y nos establezcamos al margen de ellos. Significaría firmar la sentencia de muerte de Proteo. Cuando en la ciudad se enteren de que hemos huido, Arginal y los suyos se verán en la obligación de mostrar pruebas conformes de nuestra muerte. De lo contrario, todos los que piensan como nosotros se lanzarían a la aventura. ¡No! ¡Está clarísimo! Necesitan una prueba contundente, un cadáver, por ejemplo.

–¡Maldita sea! –dijo Carso dándole una patada al suelo de la nave–. No sé cómo vamos a sacárnoslos de encima.

–Carso, ¡sé que me escuchas!

Los más cercanos a los controles se estremecieron sin poder evitarlo. La voz que hablaba a través del intercomunicador había cambiado. Todos reconocieron, aunque algo distorsionado, el tono grave e imperativo de Arginal.

–¡Creo que tu insensatez ha llegado demasiado lejos! ¡Estamos armados y vosotros no! Si te reafirmas en tu estúpida actitud, llevarás a los tuyos a una muerte segura. Tú y nada más que tú serás el responsable. ¡No saldréis con vida de esto!

–¡Está intentando controlar a los acompañantes por control remoto! –los alertó Nartis.

Los jóvenes se volvieron hacia los biorrobots. Aramis y Lacemis arrugaban el ceño e intentaban impedir la invasión de su unidad central.

–¿Puedes impedirlo? –preguntó Carso a Nartis.

El acompañante abandonó los controles y se concentró en sí mismo.

–Aramis, ¿qué te pasa? –gritó Laita a su acompañante.

No consiguió responder. Notorius se abrió paso hasta Lacemis.

–¡Muchacho, no escuches! ¡No dejes que te controlen! ¡Tienes que luchar por tu libertad!

Notorius agitaba violentamente al ser sintético. Carso se vio obligado a detenerlo.

–¡Déjalo, por favor! Es una máquina; no puede resistirse. No es culpa suya.

Notorius se libró del brazo de su amigo indignado.

–¡No es cierto! Puede controlar su tecnología. Estoy seguro de ello. He visto a acompañantes responder a estímulos externos sin seguir las directrices establecidas en su unidad central. La idea de que son absolutamente controlables no es más que un gesto más del engreimiento de Proteo. Han creado unos esclavos y no les entra en la cabeza que puedan liberarse. ¡Pero lo harán! ¡Lacemis puede hacerlo! ¡Corta la comunicación! ¡Cierra los canales de control! –bramó el joven.

Lacemis apretó los párpados. Todo su rostro se contrajo por el esfuerzo. El organismo sintético luchaba denodadamente por su libertad. Repetidas convulsiones se apoderaron de él. Como si estuviese siendo víctima de un ataque de epilepsia, una espuma amarillenta le brotaba de la boca al mismo tiempo que se balanceaba violentamente sobre el asiento.

Notorius lo abrazó.

–¡Aguanta, compañero!

Nartis negó con la cabeza.

–No puedo controlarlos. No tienen acceso a mí. Mi tecnología es muy avanzada pero ellos...

Laita se volvió hacia Aramis. La acompañante no había conseguido resistirse. Se liberó del peso del enfermo. Tras incorporarse se acercó, como hipnotizada, a los controles. Laita intentó interceptarla. Aramis no tuvo más que empujarla ligeramente para que la joven terminara rodando por el suelo de la nave.

–Tenemos que comunicar nuestro destino. Debemos decir hacia dónde nos dirigimos –murmuró. Su fuerza era muy superior a la de los dos jóvenes juntos. Aunque tenía prohibido herir a ningún humano, sabía cómo golpearlos sin que sus vidas corriesen peligro. Carso y Notorius esquivaban los golpes que la acompañante les proporcionaba sin inmutarse.

Fue entonces cuando Sardero entró en acción. Se colocó justamente detrás de la acompañante y rodeó a los tres que se peleaban. Con una llave metálica que había encontrado en la nave, le propinó un golpe seco en la nuca. El ser sintético dejó caer los brazos. Los párpados se le cerraron inmediatamente. El agente no solicitó permiso para continuar con la operación. Ante la mirada atónita de los jóvenes, levantó con suavidad el cuero cabelludo de la acompañante y arrancó una pequeña pieza sin ningún miramiento. Aramis se desplomó sobre el suelo de *La prodigiosa.*

Sardero se dirigió, entonces, a Lacemis, que permanecía en el asiento todavía presa de convulsiones.

–¡Ni se te ocurra, calamar repugnante! –gritó Notorius enfurecido.

El joven se lanzó sobre el agente. Ambos rodaron a lo largo de la sala de carga: Sardero era un hábil luchador; Notorius tenía la fuerza que proporciona la furia.

–¡No le pondrás la mano encima, miserable!

–¡Deteneos! –gritó Carso.

Los dos contendientes ignoraron sus órdenes.

–¡Entrégate, Carso! –bramó la voz de Arginal.

Al joven se le escapaba de las manos la expedición. En el suelo de la nave yacía el cuerpo inerte de una acompañante. Con él chocaban constantemente los dos hombres enfrascados en una terrible pelea. Arginal parecía alentarlos con sus gritos desde el intercomunicador.

–¡Hazla callar, por favor! –vociferó volviéndose a Nartis–. Laita, ayúdame a poner fin a esta estupidez.

No iba a ser tarea fácil. La ira de Notorius había conseguido vencer a la exhaustiva preparación del agente, quien yacía aplastado por el cuerpo del joven que estaba a punto de noquearlo. Pero Carso sujetó el puño antes de que impactara en su destino. Laita asió a su compañero por los hombros e intentó tranquilizarlo.

–¡Déjalo ya, por favor! –le dijo.

Los requerimientos de Arginal habían sido silenciados. Notorius y Sardero jadeaban sentados en el suelo. En aquel instante, se elevó sobre los demás el alarido que brotó de la garganta de Lacemis un segundo antes de perder la conciencia. Su cuerpo cayó sobre la silla.

–¡No! –gritó Notorius poniéndose en pie.

El joven corrió hacia el acompañante y lo abrazó conmovido. Los demás lo contemplaban atónitos. Notorius estaba llorando con un organismo sintético entre sus brazos. Aunque ellos conocían la naturaleza sensible de su amigo, tenían que reconocer que la escena se les antojaban casi repugnante.

–¡No, por favor, Lacemis! ¡Regresa! ¡No me abandones, por favor!

XVIII

Carso dejó que Notorius desahogara su pena. Él y Sardero decidieron retirar el cuerpo de Aramis. Lo embalaron con unos plásticos y lo depositaron en un rincón de la sala de carga.

Laita se encargó de atender a Alomes. El hombre había vuelto en sí y contemplaba boquiabierto a las personas que lo rodeaban: no las había visto en su vida.

–¿Estamos fuera de Proteo? –le preguntó titubeando.

Esta asintió. Alomes sonrió satisfecho.

–Pensé que todo había sido un sueño.

La muchacha le indicó que callara y procurara descansar. Aún estaba muy débil e iba a necesitar todas sus fuerzas para enfrentarse a lo que les esperaba.

–¡Se está recuperando!

El grito de Notorius retumbó en las paredes de *La prodigiosa*. El muchacho, que todavía seguía abrazado al cuerpo inerte que yacía sobre el asiento del copiloto, se incorporó y dio un salto de alegría como si solamente tuviese diez años.

–¡Está vivo! ¡Lo ha conseguido! ¡Sí! ¡Es maravilloso!

Todos se apresuraron a comprobar las palabras de Notorius. No podían creer que el acompañante hubiese sido capaz de controlar los impulsos que remotamente le llegaban desde la nave enemiga.

Carso pensaba que despertaría con la intención de hacerlos regresar. Sardero se acercó rápidamente al acompañante. Sin duda, era de la misma opinión que Carso.

–¿Notorius? –murmuró Lacemis al abrir los ojos.

–¡Claro, amigo, soy yo! Tranquilízate, lo peor ya ha pasado. ¿Cómo te encuentras?

–Algo confundido –musitó el acompañante.

Carso cruzó una rápida mirada con Nartis. Este asintió con la cabeza sonriendo.

–¿Es posible? –preguntó el joven.

–He revisado sus circuitos. Funcionan. No han sido manipulados. Actúa por voluntad propia.

–¡No puede ser! –exclamó Sardero–. Tiene que tratarse de una artimaña. Es un modelo anticuado. Es imposible que pueda resistirse a la manipulación. Solo los biorrobots de clase T o posteriores pueden impedirlo.

–No hay biorrobots posteriores a la clase T –aclaró Nartis–. Y, aunque en teoría es cierto lo que dices, te puedo asegurar que Lacemis lo ha conseguido.

–¡Por supuesto! –bramó Notorius–. Habláis de él como si fuese un vulgar ordenador.

Mi acompañante es mucho más que eso. Es mi amigo. Eso es lo que lo hace ser diferente.

Carso no tenía ganas de provocar una discusión filosófica sobre la naturaleza sintética de los biorrobots. Había demasiados problemas que afrontar.

–Ponme en contacto con Arginal. Ha llegado el momento de negociar.

Laita y Notorius saltaron de inmediato.

¡Ni lo sueñes! – gritó Notorius–. No hemos llegado hasta aquí para rendirnos tan fácilmente.

–Recordad que tienen armas. Aún no estamos a tiro, pero, cuando se acerquen lo suficiente, no dudes que intentarán reducirnos.

–¡No dejaremos que se acerquen! –protestó Laita–. Le llevamos al menos dos horas de ventaja. Saltaremos a tierra y nos perderemos en Groenlandia. ¿Cómo nos van a encontrar, entonces?

–Estoy de acuerdo –sentenció Notorius–. No puedes decidir por nosotros. Tenemos que votar.

El joven se volvió hacia Alomes.

–¿Cómo te encuentras, amigo?

El enfermo sacudió la cabeza afirmativamente.

–Estoy muy confuso todavía –murmuró–. No puedo pensar con claridad.

–Su voto es, entonces, nulo. Quedamos nosotros.

Sardero tomó la palabra.

–Es una oportunidad estupenda para inspeccionar el exterior. Mi intención es tomar muestras y reunir todos los datos posibles para transmitirlos a los nocturnos.

–Pues te aseguro que ahí arriba no hay comunicadores públicos –le dijo Notorius con ironía.

Carso los contempló con atención. Había llegado el momento de aclarar sus posturas. Sorprendido, se percató de que coincidía más con la posición del presunto infiltrado que con la de sus propios camaradas.

–Si nos internamos en el continente, se apoderarán de la nave y jamás podremos regresar. Este viaje no tendrá ningún sentido. Mi deseo era retornar y explicarle al mundo que podemos elegir otra forma de vida, que debemos conquistar de nuevo la tierra y extendernos por ella. No tiene sentido permanecer encerrados por siempre. La colonización del exterior es posible y beneficiosa para toda la comunidad.

Notorius bufó fastidiado. Laita era de su misma opinión.

–No regresaré jamás. Tanto si alguien me acompaña como si no. Creo que nuestras posturas no pueden acercarse de ningún modo. Aunque quisiera, sé que la vuelta para mí es imposible. No soportaría verme de nuevo enclaustrada en Proteo. ¡Jamás! Estamos empatados. Dos a dos.

–¡De eso nada! –bramó Notorius–. Lacemis tiene derecho a voto lo mismo que Nartis.

–La ley no permite que voten –dijo Laita.

–¿No eres tú la que reniegas de Proteo? Pues yo también reniego de sus estúpidas leyes. En la tierra Lacemis será libre y votará. Mientras yo pueda defenderlo nadie le arrebatará ese derecho.

Carso intentó poner un poco de calma en la reunión. La nave había alcanzado, hacia ya varios minutos, la superficie de las aguas. Aunque aún no habían emergido por completo, navegaban en dirección a Groenlandia muy cerca del exterior. Hasta que no se completara el proceso de descompresión deberían permanecer en *La prodigiosa*. Los controles indicarían cuándo podrían salir de la nave sin peligro. Llegado ese momento tendrían que saber qué actitud tomar.

–Creo que no será necesaria la votación. Podemos dividirnos y, de este modo, todos cumpliremos nuestras expectativas. Como bien has dicho, disponemos de dos horas de ventaja. Una vez en tierra, si vosotros preferís continuar en solitario, podéis hacerlo. Nos despediremos llegado el momento. Sardero y yo permaneceremos cerca de la nave. Trataremos de conseguir la mayor cantidad de datos posibles antes de que nos intercepten. Después regresaremos a Proteo con Arginal. Alomes podrá tomar una decisión cuando se encuentre mejor.

–¡No lo puedo entender! –gritó Laita–. Tú has sido el artífice de toda la expedición. ¿Vas a entregarte tan fácilmente? ¿Te has jugado la vida para asomar la cabeza y volver a sumergirla bajo las aguas?

–No solo para eso, Laita. En Proteo seré un testimonio vivo de que es posible otra forma de vida. Cada vez que un ciudadano piense en lo maravilloso que sería establecerse lejos de las cúpulas de la ciudad, yo seré el motor para lanzarlo a la aventura. Las teorías del zenit, que negaban esa posibilidad alegando datos falsos de las condiciones del exterior terrestre, caerán por su propio peso. Yo testificaré en contra.

–¡Creo que no has realizado correctamente la descompresión! –exclamó Notorius–. Tu cerebro no funciona correctamente. Arginal no permitirá que regreses con vida. No nos lo permitiría a ninguno de nosotros, pero desde luego a ti menos. Te aplastará como a un gusano y después llevará tus restos a Proteo. Te convertirás en la prueba de lo que ocurre si te saltas las normas.

–¿Qué puedes decir a eso? –preguntó Carso volviéndose a Sardero–. ¿Tu presunto grupo ha preparado un plan de regreso? ¿Cómo habías pensado transmitir tus informes?

–Tenemos un topo entre los hombres de Arginal.

Notorius resopló sarcástico.

–¿Otro topo? Este tío se cree que ya estamos en una pradera de la superficie.

–¿Cómo pretendes que nos creamos eso del topo? –intervino Laita–. A cada paso nos descubres un nuevo infiltrado. Aún estamos esperando que desenmascares al que está oculto entre nosotros.

–No puedo hacerlo porque no lo sé. Solo me informaron de que entre nosotros había un impostor. Son los datos que manejo. Mi misión era ayudaros a abandonar Proteo. Transmitiré todo lo que descubra al infiltrado en las filas de Arginal. Será él el que lo haga llegar por los canales de rigor hasta los nocturnos.

–¡Por favor, Carso, haz que ese tío se calle! No me creo ni una sola palabra. Si hay un topo entre nosotros, es él. Intenta que nos quedemos cerca de la nave para que Arginal nos liquide. Ahí tienes a tu traidor.

–¡Nos ayudó a llegar hasta aquí! Sin él no hubiésemos conseguido partir. ¿Cómo podéis explicar eso?

–Muy sencillo –sentenció Laita–. Ya que habíamos encontrado el modo de largarnos y no podían estar seguros de poder impedírnoslo, se colaron en la expedición para enterarse de todo cuanto aconteciera. Seguro que la experiencia les vendrá bien. Cuanto más sepan sobre el viaje al exterior, más fácil les será controlarnos a todos para que no podamos realizarlo.

–Cogido por los pelos, ¿no? –le recriminó Carso.

La muchacha calló indignada. Lo intentaba, pero no acertaba a comprender los motivos de su amigo. Ella en algún momento había soñado con fundar una familia, con conquistar una vida libre y feliz, muy diferente a la que podía ofrecerle la cárcel de Proteo. Carso estuvo siempre presente en cada uno de sus sueños. Ahora se sentía en la obligación de modificarlos. La realidad se resistía a encajar con sus deseos. Era una sensación muy frustrante. De todos modos, ni siquiera por los sentimientos ocultos que sentía hacia Carso sería capaz de retractarse y volver. ¡No lo haría! ¡No!

–No es que crea a pie juntillas que entre nosotros existe un traidor –se explicó el joven–. Pero sería una irresponsabilidad no contemplarlo. Si se encuentra en esta nave y decide partir a vuestro lado, estoy seguro de que no pensará en nada más que en mataros.

–¡Eso es un golpe bajo! –protestó molesto Notorius–. ¿Estás tratando de decir que Laita o yo trabajamos para Arginal? ¡No me lo puedo creer!

–¡Ya está bien, Notorius! Sabes que jamás dudaría de vosotros. Hemos pasado mucho juntos.

–¿Entonces? ¿A qué vienen esas insinuaciones?

–Me siento responsable.

–¡Ya estamos otra vez! –dijo Laita–. No tienes que responsabilizarte de nosotros. Todos los presentes podemos pensar por nosotros mismos. No necesitamos tantos responsables. Eso está bien para Proteo. Allí los malditos responsables deciden por ti a todas horas, por el bien de la sociedad según ellos. Yo sé qué es lo mejor para mí; no necesito que tú ni ningún prohombre de Proteo me lo indique.

Notorius asintió totalmente de acuerdo.

–¿Y qué me dices de Alomes? Él ha dicho sentirse confuso. ¿Asumiríais la responsabilidad de decidir por él llegado el momento?

Los jóvenes callaron. Ambos clavaron sus miradas en el enfermo, que se hallaba sentado contra la pared de la sala de carga. Desde allí había seguido con atención la discusión.

–Este es tu momento, amigo –dijo Notorius–. ¿Qué dices a todo esto?

–Me voy contigo –murmuró.

Laita se giró hacia Carso y se encaró con él.

–Fin del problema –le dijo todavía enfadada–. Cuando lleguemos a tierra, nosotros nos largamos y vosotros os quedáis.

–Yo voy con Notorius –se atrevió Lacemis a participar.

Carso ni siquiera había contemplado la posibilidad de consultar con Nartis. Fue Notorius quien planteó la pregunta al acompañante.

–Me quedo con Carso –dijo Nartis sin dudar un instante.

Su huésped suspiró aliviado. Solo le faltaba que Nartis lo dejara en la estacada para que la rebelión fuera completa y la tristeza, mortal.

Sentía un terrible peso en el corazón. La nave iba en dirección a tierra firme y, cuando al fin atracara y pudiesen desembarcar, perdería para siempre a sus amigos del alma. Habían vivido tanto juntos... Se habían arriesgado por protegerse. Los quería como a nadie. Y ni que decir tiene que no podía pensar en otra mujer que no fuera Laita. La expedición que iba a devolverle la luz a sus oscuras vidas se había convertido en el final del camino para ellos. Jamás los volvería a ver.

Carso suspiró. Fue a sentarse en un rincón solitario de la nave. Esperaba que tanto dolor valiese la pena.

XIX

En espera de que *La prodigiosa* emergiera por completo, Notorius, Laita y Lacemis se dedicaron a preparar el equipaje para la aventura que habían decidido emprender. Revisaron de arriba abajo la nave de carga en busca de herramientas y de instrumentos útiles para sus planes.

No sabían lo que les aguardaba en el exterior. Intentaban mantener la mente ocupada en los preparativos temerosos de los peligros que los acechaban. Aun así, no podían dejar de pensar en que eran los primeros proteicos que iban a respirar el aire de la atmósfera de la Tierra sin manipulación alguna. Su organismo estaba acostumbrado a la mezcla creada para la ciudad de las cúpulas.

Ya habían percibido que, alejados de Proteo, su voz se escuchaba de manera diferente. Pero esta era solo una de las muchas alteraciones a las que tendrían que hacer frente sus organismos.

Laita se sentía profundamente cansada y con menos agilidad de movimientos. Estaba pendiente de su respiración en cada instante, pues le preocupaba. Sin embargo, la edad era el mal mayor: ¿qué efecto tendría la atmósfera terrestre en un rostro juvenil? Era mejor no pensarlo.

–¿Tú crees que encontraremos supervivientes? –le preguntó a bocajarro Notorius.

Aparentemente, esta era la cuestión que más inquietaba al joven. Laita se encogió de hombros. Ignoraba la respuesta. De todos modos, pensaba que no era demasiado probable.

El joven buscó alimentos en la nave; el estofado de marteres sería una carga insensata. Lacemis trabajaba mano a mano con su huésped. El joven lo contemplaba con evidentes signos de preocupación. Era su amigo y, aunque había sido él quien había echado en cara a Carso su afán por responsabilizarse de sus compañeros, tenía que reconocer que el peso de la responsabilidad le comprimía las entrañas. Obviamente, él era el causante de que el acompañante se hallase en la nave. Ya lo había puesto en peligro al someterlo, por su causa, a la invasión de su unidad central. Le había dado un buen susto. Afortunadamente, y tal como siempre había supuesto, Lacemis no era solo un ser sintético: era un verdadero compañero. Estaba muy orgulloso de él por haber resistido el ataque.

–Siento lo de Aramis –le susurró el joven a Laita.

La muchacha agradeció las muestras de afecto sin comprenderlas demasiado. En cierto modo, se sentía culpable de la desconexión de la acompañante, aunque no estaba en absoluto apenada. No acertaba a comprender cómo siendo de la misma generación y diseño de Lacemis no había podido soportar los intentos de intrusión de Arginal. No podía ser otra cosa que un defecto en los circuitos.

Laita no aprobaba en absoluto la relación antinatural que su amigo mantenía con el organismo sintético. Era esta otra de las facetas de Proteo que no podía soportar. La idea de crear esclavos mecánicos y no apartarse de ellos ni un solo instante le resultaba absolutamente inaceptable.

Lacemis la contempló de soslayo. Laita sintió cómo un escalofrío recorría su cuerpo. ¿Sería capaz aquel artefacto de leerle los pensamientos? Se estremeció. ¿Qué pensaría de ella si supiera que no lo consideraba más que un ordenador sofisticado?

–¿Puede ayudarme alguien a incorporarme?

La voz de Alomes había recobrado cierto aplomo.

–¿Cómo te encuentras? –se interesó la muchacha.

El hombre trató de erguirse con bastantes dificultades.

–Mucho mejor. Fue un ataque de los míos. No creo que se repita; al menos por el momento.

La muchacha suspiró aliviada. Si iban a tener que huir acompañados por el hombre, era preciso que este fuese capaz de trasladarse sin ayuda. Lacemis podría cargar con él sin problemas pero, aun así, los retrasaría. Laita intuía que iban a necesitar avanzar con la mayor rapidez posible, si querían poner tierra entre ellos y el enemigo.

–¡Tienes mucha mejor cara! –le dijo Notorius.

El hombre sonrió satisfecho.

–Aún no te he dado las gracias por cargar conmigo. Sabes lo que significa para mí alejarme de Proteo. No quiero ni pensar en qué me convertirían si descubriesen que la reprogramación no tuvo éxito.

Notorius posó suavemente el brazo sobre el hombro del enfermo para transmitirle su afecto.

–¿Crees que podrás recobrar la memoria? ¿Recordarás lo que le sucedió a mi hermana?

–Eso depende de lo que tú puedas informarme. Seguro que entre los dos podemos reconstruir los últimos días de Erotea a tu lado. Estoy seguro de que eso sería de gran ayuda para mi mente confusa.

Notorius sabía que no tenía sentido preocuparse ya por los que había dejado atrás. Incluso aunque Erotea estuviese viva en algún rincón apartado de la ciudad, jamás volvería a verla. Pero no podía evitar interesarse por su historia. Hacía muchos años que no pensaba en la insigne investigadora muerta en el experimento fallido, siendo todavía él un niño. Hasta hacía unas horas la creía desaparecida, al igual que Alomes. Aún no se había repuesto de la impresión de ver a este con vida. Quizá ella también deambulase por Proteo creyendo ser una operaria como otra cualquiera.

–¡Qué suerte tuvimos de encontrarte! ¡En el último momento! –dijo Notorius–. Unos minutos más y jamás me hubiese enterado de tu existencia.

–Vagué de un lado a otro. No conseguía adaptarme. Llevaba muy poco tiempo trabajando en Lasal. Tampoco lo hubiese resistido mucho más.

Notorius sonrió. Tenerlo cerca era como recuperar en parte a su hermana. Así lo sentía.

–No te apures. Estoy seguro de que recobrarás la memoria. Cuando esto suceda, ya nos preocuparemos de ello.

El joven decidió zanjar el asunto por el momento. No tenía sentido darle vueltas una y otra vez a la imagen de su hermana deambulando por la ciudad submarina. Si algún día llegaba a descubrir su paradero, sería el momento de tomar decisiones. En aquel instante tenía asuntos más urgentes en los que pensar.

–¿Habrá humanos ahí fuera? ¿Serán amigos? ¿Será avanzada su civilización? –pensaba.

La cuestión se le antojaba de lo más excitante.

XX

La prodigiosa había navegado durante horas y horas muy cerca de la superficie. El ambiente en la nave era cada vez más pesado; no a causa de los cambios físicos en el aire y la presión, sino del rencor y la duda de sus ocupantes.

Desde que habían dejado claras las posiciones, los pasajeros apenas se habían cruzado un par de palabras. Los que habían decidido emprender la aventura tierra adentro terminaron el inventario del equipo y se sentaron contra la pared frente a la cual se hallaban Carso y Sardero. Lacemis había vuelto a ocupar el asiento de copiloto para controlar el transcurso de la operación de descompresión y adecuación a la nueva atmósfera.

Las molestias iniciales habían desaparecido casi por completo. Los pulmones se habían habituado con relativa facilidad a las nuevas condiciones impuestas por *La prodi-*

giosa. Todos esperaban que fuesen las correctas y que, en el momento de abrir la escotilla, no experimentaran ninguna terrible sorpresa.

Carso no podía dejar de preocuparse: aquella nave de carga jamás había ascendido hasta la superficie y, aunque en teoría no debía haber problema alguno, su mente recreaba una y otra vez las espantosas consecuencias si se producía algún error en el proceso. Todas ellas se resumían en una: la muerte.

Laita continuaba acongojada por el impacto que experimentaría su piel en contacto con la atmósfera terrestre. Su cutis era terso, suave y juvenil, como correspondía a una joven de su edad. Sabía que en la tierra con cuarenta y seis años estaría ya en edad madura.

Notorius se levantó del suelo con intención de visitar la sala de controles. Lacemis era su máxima preocupación.

–¿Cómo lo llevas? –preguntó al acompañante.

Este asintió con una sonrisa.

–¿No sientes molestia alguna?

Lacemis parecía divertido por la inquietud que mostraba su huésped.

–Mi cuerpo es idéntico al tuyo. Si tú te sientes bien, yo también lo estoy. Un organismo biorrobótico funciona del mismo modo que un humano. Sencillamente es como si tú tuvieses un implante sintético. Nada más.

Las explicaciones del acompañante no conseguían apaciguar el alterado ánimo de Notorius.

–¿Has pensado en qué harás cuando no tengas posibilidad de recargar baterías?

Nartis se tapó la boca para que Notorius no advirtiera su sonrisa.

–Comeré. Es una opción muy corriente en cualquier tipo de organismo para recuperar energías.

Notorius no dijo nada. En ese momento se percató de que se estaba comportando como un verdadero estúpido. Todo el mundo en Proteo sabía que los acompañantes podían comer, en caso de que lo desearan, en lugar de enchufarse a una unidad de recarga.

–¿Mantenemos la distancia? –preguntó Carso.

El joven se había acercado hasta la sala de control para interesarse por la situación. Necesitaba recuperar la normalidad en relación con Notorius. No podía soportar el silencio al que este le había sometido durante las últimas horas de viaje.

–Dos horas, como contábamos. Estamos muy cerca de nuestro objetivo. El proceso de adaptación finalizará justo cuando lleguemos a la costa. Habrá que comenzar a pensar de qué modo llegamos a tierra firme.

–¿A qué te refieres? –preguntó Notorius.

–Al medio de transporte. Con la nave de carga no podremos aproximarnos lo suficiente para saltar a tierra. Buscaré un lugar adecuado para detenernos y, desde él, llegar a la costa.

–¿Tendremos que nadar? –inquirió boquiabierto Notorius–. Ni siquiera he revisado los trajes de la nave. Dudo mucho que existan más de tres. Alguien tendrá que regresar a la nave con los trajes de los demás.

–Podríamos nadar sin trajes –sugirió Carso.

Laita y Alomes, al escuchar las palabras del joven, decidieron acercarse.

–¡No podemos ir sin trajes! –exclamó la joven atónita–. ¡Moriríamos!

–¿Por qué íbamos a hacerlo? El agua no puede estar muy fría y no necesitamos asistencia para soportar la presión ni para respirar. Estamos en el lugar de origen de la humanidad. Nuestro cuerpo ha vivido en este medio.

Los jóvenes se miraron sorprendidos. Tardaron un poco en darse cuenta de que Carso tenía razón. No iban a necesitar trajes especiales.

–¡Vamos a sentir el agua salada en la piel! –exclamó Notorius, sin creérselo por completo.

Él, que había pasado la mitad de su vida buceando en el exterior de Proteo, jamás había tocado el agua del mar.

Laita sonrió al fin.

–¿Aguantaremos la temperatura?

–18 grados no es demasiado –dijo Nartis.

El pasaje no daba crédito a lo que oía: ¡el agua estaba casi caliente! Iba a ser una experiencia fascinante.

–Será un trayecto muy corto. He revisado la costa y he hallado un lugar idóneo para fondear.

–¡Por favor! Déjanos verla –solicitó Notorius visiblemente emocionado.

Nartis pulsó varias teclas hasta que en una pantalla se recrearon los contornos del continente. Los jóvenes se decepcionaron: esperaban descubrir un paisaje idílico, parecido al de los hologramas consultados en la biblioteca de Nexus. Sin embargo, desde la sala de controles solo podían

admirar gráficos y contornos, no la naturaleza indómita que todos ansiaban.

–¡Salgamos de una vez! –declaró impaciente Notorius.

–Estamos muy cerca. Será mejor que os sentéis y os sujetéis: vamos a parar motores –les indicó Nartis.

Él y Lacemis se abrocharon los cinturones de seguridad de los asientos; los demás retrocedieron hasta la sala de carga. Laita y Notorius acomodaron a Alomes, que todavía estaba débil. Como si los bandos fuesen irreconciliables, Carso y Sardero ocuparon la pared opuesta a la de sus compañeros.

La nave se fue deslizando entre las aguas sin ningún cambio aparente, lenta y suavemente. Solo un leve sonido de motor indicó que la maniobra de acercamiento había comenzado.

El silencio era total. Los latidos de los viajeros eran los únicos ruidos capaces de corear el suave ronroneo del motor. Sus bocas estaban pastosas; los músculos, en tensión. Respirar se tornaba un acto complejo a causa de los nervios. ¡Estaban tan cerca de su destino!

–Creo que será ésta la última oportunidad para hablar. Una vez lleguemos a tierra debemos separarnos rápidamente para que podáis alejaros lo antes posible de Arginal. Tenemos solo dos horas de ventaja.

–¿Estás resuelto a volver? –le preguntó Laita.

Carso asintió con un gesto.

–De verdad, no puedo entenderte.

Carso ya había explicado lo que pensaba. No se le ocurrían más argumentos para hacerles comprender su postura. Jamás lo conseguirían. Ellos no amaban Proteo como él. Ellos no eran hijos de Latonius, uno de los máximos artífices del prodigio de la ciudad submarina. Él le había enseñado desde la infancia a querer con pasión a la ciudad de las cúpulas. Y eso era algo que no podía olvidar.

–Siento que las cosas hayan discurrido de este modo. Es culpa mía al no haber planteado esta cuestión en la ciudad. Ni siquiera se me ocurrió que pudiese ser motivo de disputa. Me duele en el alma que haya sido así. Sois mis dos mejores amigos y os perderé para siempre.

–¡Aún estás a tiempo de cambiar de opinión! –exclamó Laita sujeta a la pared de enfrente de Carso–. Nos espera una vida nueva que nos corresponde a nosotros mismos inventar. Podremos crearla a nuestro modo.

Sonaba muy atractivo. No obstante, Carso tenía otros intereses.

–Perdóname –murmuró el joven.

A Laita le iba a costar mucho hacerlo de corazón. El joven cambiaba un mundo aún por descubrir a su lado, por el eterno e idéntico modo de vida de Proteo. De todos modos, la muchacha sonrió. No deseaba separarse de él demostrando tristeza, frustración y rabia. Quería a Carso y su decisión no cambiaba esa realidad. Sabía que, con el tiempo, lo perdonaría. Deseaba que Carso regresara con la falsa sensación de que el perdón ya había sido concedido.

–¡Está bien! –cedió Notorius–. Todo está olvidado. Que no haya malos sentimientos entre nosotros en el momento de la despedida. No los ha habido nunca. Sería terrible que aparecieran al final.

Aquél era el momento de los abrazos y los besos. Sin embargo, ellos no podían incorporarse: la nave se deslizaba hacia la costa. Tenían que permanecer sentados e inmóviles. Carso volvió la cabeza hacia Sardero.

Allí estaba el posible traidor, reposando tranquilamente con la cabeza apoyada en la pared. El presunto agente de los nocturnos no parecía hallarse muy inquieto; ni siquiera en los momentos más críticos había demostrado excesivo nerviosismo.

Carso suspiró. Había cambiado la calurosa compañía de los amigos por la de un posible infiltrado. Al menos, a su lado no podría perjudicarlos. ¿Y qué podría hacer en su contra? Él pensaba esperar a Arginal y regresar a Proteo con la noticia de que era posible la vida en el exterior. No tenía ningún secreto que el topo pudiese revelar.

–Es mejor que permanezca conmigo –se dijo el joven.

–¡Preparados! –anunció Nartis–. ¡Voy a detener los motores!

El pasaje al completo contuvo la respiración: la nave iba a ascender hasta emerger sobre las aguas. Entonces, abriría la escotilla.

Laita espiró hondamente. El aire era limpio y agradable en el interior de la nave. Quizá no lo fuese tanto en el exterior. Era una buena idea respirar mientras fuese posible.

XXI

Con un ligero ronquido, los motores se detuvieron. La expedición esperaba una colisión, un estruendo u otra catástrofe, pero no sucedió nada. Como si navegaran en las aguas tranquilas de un plato de sopa, *La prodigiosa* concluyó con éxito su cometido. ¡Estaban en la superficie!

–¡Fin del trayecto! –anunció Nartis desabrochándose el cinturón y abandonando el asiento–. ¡Hemos llegado!

Notorius pegó un brinco de alegría. Se disponía a entonar una canción que consideraba adecuada para tan histórico momento, cuando Laita dijo:

–¿Quién va a abrir la escotilla?

El que lo hiciese comprobaría en su propio cuerpo si el aire exterior era tan respirable como indicaban los controles de la nave.

–Lo haré yo –dijo Carso dando un paso al frente–. No tenemos tiempo para discutir –le dijo a Laita, que se había apresurado a abrir la boca para protestar–. Arginal está al caer. Debéis alejaros lo antes posible. Cargad las mochilas y preparaos.

–Debería ser yo el que saliese –dijo Sardero–. Es mi obligación.

No esperó a que nadie replicase. Se acercó a toda prisa a la escotilla y, tras introducir el código de apertura, pulsó la palanca correspondiente. Carso no pudo hacer nada para evitarlo. Cuando llegó a la altura del presunto traidor, este acababa de asomar la cabeza al exterior.

Una oleada de aire fresco invadió la nave. Laita cerró la boca y se tapó la nariz inmediatamente.

–¡Todo está bien! –comunicó Sardero con medio cuerpo fuera de la nave.

Aun así la joven no quería respirar.

Carso corrió hacia ella para obligarla a quitarse las manos de la nariz y la boca.

–¡Respira, por favor! ¡Tranquila!

Notorius jadeaba nervioso a su lado.

–Me estoy mareando –musitó.

–Son los nervios –le indicó Carso–. ¿No veis que estoy respirando sin problemas?

Alomes tosía tumbado en el suelo. Su rostro había adquirido un peligroso color púrpura.

Lacemis se aproximó a él con una bombona de oxígeno para que le diese una bocanada.

–¡Tenéis que tranquilizaros! –exclamó Carso acariciando el rostro congestionado de Laita–. Al aire no le pasa nada. Son tus nervios; respira con normalidad.

La muchacha siguió las indicaciones del joven e inspiró hondo. La expresión de su cara se relajó. Tras unos instantes consiguió esbozar una sonrisa.

–Ya estoy mejor –murmuró algo avergonzada.

Alomes había recobrado su color original. Notorius reía y tenía ganas de saltar y cantar. Eligió aquel instante para entonar sus cánticos de victoria. Afortunadamente, poseía una hermosa voz que sonaba aún más hermosa en la superficie terrestre.

–¡No tenemos tiempo que perder! ¡Debemos salir! –dijo Carso.

Laita no pudo contenerse y se lanzó a sus brazos. Ambos se fundieron en uno durante unos breves segundos. Lágrimas furtivas se ocultaron entre los cabellos.

–¡No te olvidaré jamás! ¡Siempre estarás en mi corazón! –susurró la joven al apartarse de su compañero.

Carso le rozó los labios con la punta de los dedos, pensando en lo que podía haber sido.

–¡Suerte! ¡Yo tampoco te olvidaré!

Laita cogió su mochila y se aproximó rápidamente a la escotilla. Si permanecía un segundo más cerca de Carso, sería incapaz de contener el llanto.

–¡A mis brazos, chaval! –gritó Notorius lanzándose sobre su amigo–. ¡Te vas a perder una buena!

–Cuida de ella y tened mucho cuidado, por favor.

–No te preocupes. Lacemis me ayudará.

Fue el turno de Notorius. Atravesó la escotilla y contempló el paisaje extasiado. A su lado, Laita había perdido el habla.

–¡Es fascinante! ¡Increíble! ¡No hay una canción para esto!

Carso se apresuró a tenderle la mano a Alomes y a Lacemis, que lo llevaba casi en brazos, con sus mejores deseos y con la intención de precipitarse al exterior. También él deseaba disfrutar del lugar.

El pasaje al completo permaneció en pie boquiabierto sobre el casco de *La prodigiosa*. A menos de setenta y cinco metros les aguardaba el continente.

¿Cómo explicar lo que sentían los corazones ante la magnífica presencia de la naturaleza viva, contemplada por primera vez en todo su esplendor?.

La playa que los aguardaba a escasos metros, de arenas blancas y deslumbrantes, no era un holograma de los que habían observado tantas veces en la biblioteca de Nexus. Las palmeras de todos tipos, altas, verdes y agitándose ligeramente al viento, eran reales, tanto que desde el casco de la nave podían apreciar su olor. ¡Era una sensación maravillosa! Los aromas de la profusa vegetación se mezclaban creando un ambiente de ensueño capaz de atrapar sus almas para siempre.

–¿Habéis visto? –preguntó Laita atónita–. ¡Acaba de caer una fruta del árbol! ¡La joven no pudo contener las lágrimas ante la excitante experiencia de contemplar cómo la vida seguía su curso.

–¡Es un coco! Lo conozco de la biblioteca –exclamó Notorius con los ojos tan abiertos como platos.

–¿Qué son esos sonidos? –inquirió perplejo Carso.– ¡Son animales! Supongo que aves. ¡Es increíble! ¡Lo hemos conseguido! Este indescriptible espectáculo es la prueba que buscaba. La vida es posible fuera de Proteo.

–¡Posible y magnífica! –puntualizó Laita, secándose las lágrimas.– En toda mi vida no había visto nada tan fascinante. ¡Es extraordinario!

Hubiesen podido permanecer cautivados por las sensaciones que les transmitía aquel delicioso paisaje de verdes hojas, de arena deslumbrante y de sol, durante horas y horas. El aire sabía fresco y dulce, los aromas de la tierra los tenían como hipnotizados, el arrullo de las olas del mar los impresionaba de tal modo que dudaban que aquellas aguas fueran las mismas en las que habían permanecido sumergidos durante tanto tiempo. ¡Demasiado! Pero no podían permitirse el lujo de disfrutar inmóviles de la belleza por más tiempo. El tiempo corría en su contra. Arginal pronto se hallaría ante la sublime panorámica que ahora contemplaban extasiados.

Notorius fue el primero en reaccionar quitándose la ropa. Sin perder ni un segundo, la introdujo de cualquier modo en la mochila que llevaba a la espalda.

–¡Me voy a lanzar al mar! –anunció a sus compañeros.

Laita sonrió. Se estremeció por la emoción y el nerviosismo.

–¡Apresuraos! –instó el muchacho.– No tenemos todo el día.

Dicho esto se lanzó de cabeza a las aguas. El sonido que produjo al sumergirse en el océano fue delicioso. Tras un breve instante su cabeza apareció de nuevo en la superficie.

–¡Está helada! ¡Es estupendo! –exclamó riendo–. ¡Va-

mos! ¿A qué esperáis? ¡Nunca me había dado un baño tan maravilloso!

Notorius viró hacia la playa. Con rápidas brazadas se alejó de *La prodigiosa,* quizá para siempre. Laita lo contemplaba aturdida, incapaz de decidirse a sumergirse en el mar sin el traje especial que durante años había constituido el seguro de vida de cualquier proteico.

–Aún tenemos tiempo de acercarnos a la costa –dijo Carso a los quc tenían intención de permanecer en la nave–. Antes de la llegada de Arginal regresaremos. Lo más prudente será estar en el interior de *La prodigiosa* para entonces.

Nartis y Sardero asintieron. También ellos tenían curiosidad por la vida salvaje. Nartis deseaba contrastar toda la información almacenada en sus unidades de memoria con los originales que se hallaban a escasos metros.

Laita, al fin, comenzó a desembarazarse de la ropa. Lacemis ayudó a Alomes a hacer lo mismo.

–¿Estás en condiciones de nadar? –le preguntó la chica.

El hombre asintió algo asustado. Parecía que meterse en el agua fría no era lo que más le apetecía en aquel momento. La agradable sensación de contemplar la vida salvaje ante sus ojos había desaparecido por completo y dio paso al miedo por las extrañas experiencias que le aguardaban.

Los acompañantes también se desvistieron. Sus cuerpos no se diferenciaban en absoluto de los humanos. Carso indicó al grupo que pensaba regresar que dejasen las ropas en la nave. Al volver, tendrían vestimenta seca con la que cubrirse.

–¡Eo! ¡Eo!

Notorius había tocado tierra. Cantaba, gritaba y brincaba llamando a sus camaradas.

–¡Lo hemos conseguido! ¡Bienvenidos a tierra! –gritó revolcándose por las arenas plateadas de la playa de Groenlandia.

La prodigiosa quedó desierta. Todos nadaban ya hacia la costa.

–¿Cómo vas? –se interesó Carso por Laita.

Esta sonrió emocionada. No tenía palabras para expresar el sinfín de sensaciones que percibía su cuerpo. El agua fría rozándole la piel era una experiencia tan excitante que casi le cortaba la respiración. Distinguía un ciento de olores que la envolvían por todas partes e incluso advirtió cómo algún animal o planta le rozó las piernas bajo el agua. Hubiese querido comunicarle a Carso todas las impresiones que recibía; sin embargo, eran tantas que su propio cerebro era incapaz de analizarlas.

–¡Es maravilloso! –dijo como parco resumen a la vorágine de percepciones que la tenían cautiva.

Carso verificó que el grupo estuviese al completo.

Lacemis y Nartis nadaban sin problemas. Como organismos sintéticos, Carso hubiese esperado que la emoción no fuera tan evidente en sus rostros. Se hallaban tan sobrecogidos por el descubrimiento de la nueva vida como los humanos allí presentes. El joven se preguntó, una vez más, si Notorius tenía razón y los acompañantes se habían convertido en seres como ellos.

Sardero, por su parte, se mostraba más impasible. Parecía incluso preocupado. Volvió varias veces la cabeza como si temiese no hallarse completamente solo en el océano Atlántico. Por un instante, Carso se preguntó si no había sido una insensatez abandonar la nave. Pero había sido imposible contenerse. No tenía sentido que, una vez llegado allí, no tocase tierra y observase la naturaleza.

Lacemis vigilaba estrechamente a Alomes. Carso verificó con el rabillo del ojo que este se desplazaba sin dificultad en el agua. Era un nadador estupendo. Sus problemas físicos parecían haber desaparecido por completo. Notorius corrió en dirección a los recién llegados, chapoteando entre las olas.

–¡Bienvenidos a mi territorio! –exclamó sonriente.

Su piel era casi tan blanca como el reflejo de los rayos del sol en la arena de la playa.

–¡Qué frío! –exclamó la joven poniéndose en pie cogida de la mano de Notorius.

–Se te pasará enseguida. La temperatura es estupenda. Ya verás cómo en un instante estás seca.

Notorius corrió, entonces, hacia Carso. Lo abrazó sin mediar palabra.

–¡Todo está olvidado, amigo mío! Respeto tu decisión y siempre te agradeceré lo que has hecho por mí. Sin ti jamás hubiese llegado a este paradisíaco lugar. ¡Éste es mi lugar, Carso! Aquí estoy seguro de que seré completamente feliz.

Carso abrazó a su compañero. No le extrañaba su euforia. Pensaba que un ser humano rodeado de tanta belleza tenía el camino franco para alcanzar la felicidad completa.

Lacemis fue el siguiente. Notorius saltó sobre él completamente fuera de sí.

–¡Estamos aquí, amigo mío! ¡En un nuevo mundo para nosotros! La atmósfera no te ha causado daños. ¡Aquí podrás ser lo que tú quieras! ¡Incluso podrás ser humano, si es tu deseo!

Lacemis quiso llorar con todas sus fuerzas. Sabía que, de ese modo, se desahogaban las tensiones. Sin embargo, su unidad central no estaba tan bien diseñada. Las emociones se condensaban en ellas sin encontrar una vía de escape. Quizá en la nueva vida que le aguardaba encontraría un modo de aligerar las tensiones. Como decía su amigo, nunca más acompañante: todo dependía de él.

Alomes caminó hasta la orilla y se dejó caer boca arriba sobre la arena. Sardero se tumbó a su lado.

–Es emocionante, ¿verdad?

Eran las primeras palabras que se cruzaban en toda la travesía. Alomes contempló sorprendido al joven.

–¡Desde luego! –dijo escuetamente.

Sardero clavó los ojos en él como si tratara de ver más allá de su rostro. Alomes no tardó en sentirse molesto.

–¿Te sucede algo? –le preguntó.

–¿Cómo se siente uno al ser reprogramado?

Alomes quedó perplejo ante tal pregunta. Acababan de desembarcar en la superficie terrestre y la única preocupación de Sardero era algo que tenía que ver con un mundo ahora lejano.

–¡Imagínate! ¡Fatal!

–No puedo imaginármelo –inquirió el presunto agente de los nocturnos–. ¿No te importaría explicármelo? Supongo que producirá en ti sensaciones muy complejas.

Alomes resopló nervioso. ¿A qué venían aquellas preguntas? Permaneció unos segundos en silencio. Sardero no parecía tener intención de abandonar.

–Me interesaría mucho conocer el proceso. ¿Cómo lo hacen? ¿Dónde? ¿Cuándo te lo hicieron a ti? ¿Cuándo te percataste de que la operación había fracasado? ¿Quién te indicó que buscases cobijo entre los nocturnos? ¿Qué hiciste cuando éstos te rechazaron? ¿Cómo encontraste un puesto libre en Lasal?

Alomes se incorporó sobre la arena.

–No creo que sea el momento de responder a todas esas preguntas.

–Es importante que lo hagas –insistió Sardero.

–¿De qué hablas? ¿Qué quieres decir?

Los jóvenes y Lacemis corrían gritando por la playa y persiguiendo a las aves que se hallaban posadas en la orilla. Nartis los contemplaba sonriente. Nadie parecía percatarse de la enigmática conversación de los dos hombres y de la creciente inquietud de Alomes.

–Creo que será mejor que regreses con nosotros a la nave.

–¡Se puede saber de qué estás hablando! –Alomes se puso en pie de un brinco.

Sardero, sin alterarse, le indicó que no hiciese ningún aspaviento sino quería salir mal parado.

–¡Me estás amenazando, maldito!

Sardero sacó un arma y apuntó directamente al estómago del hombre.

–Siéntate rápidamente y pon cara de alegría.

Los jóvenes habían escuchado los gritos de Alomes. Se volvieron para descubrir a un sonriente hombre que los saludaba con la mano. Se dejó caer de nuevo en la arena. La palidez de su rostro era mortal.

–¿Qué pretendes? ¡No entiendo de qué va todo esto!

–Será mejor que guardes silencio de una vez. No permitiré que te vayas con ellos. Regresarás a la nave con nosotros o morirás. ¡Tú eliges!

Alomes contempló primero el arma y el rostro del agente después. Hablaba en serio. La única opción que le quedaba era obedecer. Carso y los demás se aproximaban.

–Ni una sola palabra de esto. Ya sabes lo que te espera si me das problemas.

Alomes asintió.

–¡Es hora de despedirnos! –dijo Notorius deteniéndose para vestirse.

–Es una lástima que no dispongamos de tiempo para una breve excursión –se lamentó Carso–. Debemos regresar a *La prodigiosa*. Pronto tendremos una visita importante.

Laita prefirió que la despedida fuera lo más breve posible. Dejar a Nartis y a Sardero no le producía una especial emoción, pero separarse para siempre de Carso era más de lo que podía soportar. Se dieron un efímero beso y ella se volvió hacia la vegetación. En silencio y todavía sola, caminó cabizbaja sobre la arena intentando detener el torrente de lágrimas que se deslizaba a toda velocidad por sus mejillas.

Notorius, mucho más efusivo, tuvo abrazos para todos y palabras de ánimo para cada uno.

Sardero empujó a Alomes disimuladamente.

–He decidido quedarme –musitó repentinamente el hombre.

–¿Cómo dices?

Notorius no podía creérselo.

–Regreso a la nave.

–¡No puede ser! ¡Sabes lo que te harán si vuelves a Proteo! Te reprogramarán. Perderás tu identidad, tu memoria y el recuerdo de Erotea. Será como borrarla para siempre del universo.

Alomes dudó. Sardero le infundió ánimos para continuar con una mirada.

–¡Lo siento, de verdad! Solo conseguiría retrasaros. Me siento muy débil. No duraría mucho en este mundo.

–¡Es increíble!

Notorius se hallaba francamente indignado. Había pensado que el compañero de su hermana formaría parte de la expedición. Era muy importante para él. Necesitaba saber qué había sido de Erotea. Él había avivado su recuerdo y ahora se sentía incapaz de enterrarlo de nuevo.

–¡Tienes que venir con nosotros! –le insistió agitándolo por los hombros.

Carso medió entre ambos.

–Debes dejarle decidir libremente. Además no tenemos mucho tiempo.

Notorius dedicó al hombre la más terrible de las miradas pero al fin lo soltó.

–¡Tenemos que irnos! –le dijo a Lacemis.

Laita lo aguardaba ya con la mochila a la espalda, muy cerca de las palmeras.

–¡Adiós! –gritaba agitando las manos.

Notorius y Lacemis corrieron hacia ella.

El resto de la expedición esperó a que ellos estuviesen juntos para internarse de nuevo en el océano. Carso se volvió varias veces para contemplarlos. El agua del mar camuflaba sus lágrimas. No podía distinguir ya el rostro de sus amigos. Aunque sabía a ciencia cierta que estarían llorando como él.

Nartis le ayudó a encaramarse sobre *La prodigiosa*. Sus amigos se habían convertido en tres pequeños puntos que todavía saludaban. Carso no deseaba que los demás lo observaran mientras se dolía por tan terrible pérdida. Decidieron dejarlo solo sobre el casco de la nave.

El joven se mantuvo en pie con la mano en alto hasta que los jóvenes desaparecieron entre la vegetación.

Aquel continente había sido en el pasado una tierra cubierta de hielo, según los mapas de Latorius. Pero hoy día era un paraíso, cálido y hermoso. El lugar donde sus camaradas comenzarían una nueva y esperanzadora vida. De corazón les deseaba lo mejor. Hubiese dado cualquier cosa por marchar con ellos. De todos modos, era imposible. La responsabilidad era uno de sus rasgos más característicos; en ocasiones, un defecto. En esta oportunidad, le llevó a pensar en su querida ciudad, en todos los habitantes que permanecían sumergidos, lejos de la belleza y la calidez de los rayos de sol. Los proteicos tenían derecho a saber que existían otros mundos, que había posibilidades de vida lejos de la oscuridad del fondo submarino. Él era un jefe de seguridad al que se le había asignado un área y unos habi-

tantes de los que era responsable. Ellos confiaban en él, en su buen hacer y su buena voluntad. Regresaría para gritar en la ciudad de las cúpulas que había llegado el momento de decidir.

XXII

Carso regresó al interior de la nave, se puso la ropa seca y cerró la escotilla.

Sardero y Alomes se hallaban en pie, ya vestidos. El joven percibió cierta tensión en el ambiente que achacó a la cercanía de Arginal y sus hombres.

–Abre el canal de comunicación con Arginal. Le informaremos de que nos rendimos. No des a entender en ningún momento que no estamos todos. ¿Podrán detectar la falta de los demás?

Nartis en el asiento del piloto asintió.

–De todas formas no creo que consigan detectarlos al aire libre, hay mucha vida en el exterior. Quizá el hecho de llevar un acompañante desactivado en la nave pueda despistarlos.

–Es igual. Me tiene a mí, que soy el que realmente le interesa. Será suficiente para ella. Estoy seguro de que Arginal no se internará en el continente. Imagino que la sola idea de que el aire libre le roce la piel la estremece de pies a cabeza.

Nartis contactó con la nave enemiga.

–¡Al fin has recapacitado! –se escuchó la voz de la jefa central de seguridad.

Carso se acercó al micrófono.

–Estamos detenidos en la superficie aguardándoos. No nos resistiremos. Marcad el rumbo y descenderemos a vuestro lado.

–¡De eso nada! ¡Os ordeno que permanezcáis en la misma posición! Os tenemos en pantalla.

Alomes y Sardero se aproximaron a la sala de controles.

–Creo que deberíamos movernos –dijo Alomes muy preocupado–. Arginal no es de fiar.

–¿Se acercan? preguntó Carso a Nartis.

–Están a punto de emerger pero no se nos han acercado demasiado.

El joven frunció el ceño.

–¡Arginal! –dijo por el interfono–. Nos rendimos. Nos aproximaremos a vuestra nave por si queréis abordarnos.

Carso no obtuvo respuesta.

–¡Deberíamos salir de aquí! ¡Yo quiero marcharme! ¡Abrid la escotilla! –gritó angustiado Alomes.

–Tú no vas a ir a ninguna parte –le amenazó Sardero.

Alomes perdió por completo la poca serenidad que le quedaba.

–¡Este tío es un espía! ¡Es el infiltrado del que él mismo nos habló! Me ha impedido viajar con los otros no sé por qué misteriosos motivos. ¡Tiene un arma! ¡Quiero salir de aquí!

Alomes se lanzó contra la escotilla. Intentó abrirla, pero desconocía el código de acceso.

–¡Abridla por favor! ¡Arginal no se acerca! Solo está buscando la distancia justa para derribarnos. ¿Es que no lo entendéis? Se habrá percatado de que faltan tres personas en la nave. Eso es más que suficiente para decidirse a atacar. Nosotros ya no le interesamos.

Carso se volvió hacia Sardero sin comprender una palabra. Este había cerrado los ojos y permanecía con la cabeza gacha en total silencio. De repente, pareció volver en sí.

–¡Van a dispararnos! –gritó–. ¡Tenemos que abandonar la nave!

–¿Os habéis vuelto locos? ¡No pueden matarnos! ¡No estamos armados! ¡No somos delincuentes! ¡Acabamos de rendirnos! Les será fácil abordarnos y obligarnos a regresar.

–¡Tienes que abrir la puerta! –gritó Alomes–. No quiere que regreses ni tú ni nadie que abandone Proteo; te odia.

–¡Tenemos que salir de aquí! –sentenció Sardero recogiendo en una mochila algunas herramientas y complejos vitamínicos.

Nartis contempló a Carso sin saber qué hacer.

–Nos vamos –dijo al final este–. Los esperaremos en la costa.

El joven imitó al presunto agente, o infiltrado, cargándose al hombro una mochila. Introdujo el código de apertura de la escotilla. En unos segundos estaban de nuevo sobre el casco de la nave.

En esta ocasión, se lanzaron al agua con la ropa puesta. Nadar con ella era más difícil; aun así, no tardaron demasiado en llegar a la playa.

Carso se incorporó para contemplar la llegada de Arginal. Una nave de idénticas características a *La prodigiosa* emergió a varios kilómetros de la costa. El joven se sintió, entonces, observado desde el sumergible.

–Ahora ya saben que no estamos en la nave y quienes son los expedicionarios que faltan –dijo.

Alomes tosía tumbado en la arena.

–¡Nos hemos salvado por los pelos! –exclamó.

Sardero se volvió hacia Carso.

–Deberíamos ocultarnos entre las palmeras –le dijo empujándolo en esa dirección.

–¿Por qué? Ya nos han visto.

El joven seguía sin creer que las autoridades de Proteo 100-D-22 fuesen a atacar a ciudadanos indefensos. La ciudad siempre había sido respetuosa con las leyes. Semejante atropello era imposible en la urbe sumergida.

Una terrible explosión le obligó a replantearse sus convicciones. La vieja Groenlandia tembló como si no fuese más que un pequeño tronco flotando en el mar. *La prodigiosa* se desvaneció en el aire envuelta en una nube de humo y fuego.

Los tres cayeron sobre la arena empujados por la onda expansiva. Tras unos segundos de atontamiento, Carso se puso en pie y contempló el espantoso espectáculo de los restos de su nave esparcidos por doquier.

–¡Es inaudito! –gritó elevando los brazos al cielo–. ¡Han

destruido la nave! ¿Cómo es posible que una nave de carga disponga de armas destructivas?

–Ha sido un misil –aclaró Nartis acrecentando la confusión de Carso.

–¿Qué demonios está pasando aquí? ¿Cómo sabíais que nos iban a atacar? ¿Por qué le impediste que acompañara a los otros?

Las preguntas explosionaban en el cerebro de Carso con la misma violencia del estallido de la nave. Se sentía confundido y engañado. Empezaba a pensar que él era el único que no sabía nada de lo que estaba ocurriendo.

–Tenemos que largarnos –dijo Sardero asiéndolo de un brazo–. Nos perseguirán. Estoy seguro. Tú te quedas aquí –le ordenó a Alomes apuntándole con el arma.

Cuando Carso descubrió el extraño artefacto con que Sardero apuntaba a Nartis, su cuerpo se estremeció. Se percató de que no dudaría en disparar. ¡Iba a matarlo si daba un paso adelante!

Carso se precipitó contra él. No pensó en el peligro que corría. No consideró que el arma podría dispararse o que el maldito infiltrado podía descargarla sobre él. Solo trataba de impedir una muerte.

Sardero era fuerte. Estaba entrenado para la lucha. Los dos hombres rodaron por la arena. Carso se aferraba a su muñeca para que el agente soltara el arma. Sardero intentaba desembarazarse del contrincante sin aflojarla ni un ápice. Carso vio varias veces cómo el cañón se dirigía hacia su cuerpo y hacia el rostro del agente. El joven no quería matarlo, pero lo haría si no le quedaba más remedio.

Flexionó la rodilla y la dirigió con todas sus fuerzas al estómago de Sardero. Apenas protestó. Sujetó al joven por el cabello para alejarlo. La fortaleza del agente era increíble. Carso se preguntaba cómo era posible que aún estuviese con vida. Le lanzó un puñado de arena a los ojos e, instintivamente, este aflojó la mano para cubrirse el rostro. En ese instante, Sardero soltó el arma y cayó sobre la arena.

Nartis intervino. Al desaparecer el peligro que corría su huésped, se sintió en disposición de ayudarle. Minutos antes su intervención podría haber precipitado el disparo.

El acompañante amarró al huésped por la cintura y lo apartó del cuerpo de su contrincante, quien yacía en el suelo aún luchando por recuperar la visión.

–¡No te muevas! –le gritó Alomes.

El hombre había recogido el arma del suelo y apuntaba a Sardero a la cabeza.

–¡Ya está bien de peleas! ¡Dame el arma!–le ordenó Carso ya en pie.

Alomes lo miró dubitativo.

–¡Es un traidor, un topo! –gritó todavía apuntándole–. Intenta confundirte y ponerte en mi contra. ¡Estoy seguro de que es un hombre de Arginal! Si lo llevamos con nosotros irá delatando nuestra posición en cada momento.

–¡Es falso! –vociferó Sardero sentado en la arena–. Es él el esbirro de Arginal. Ella sospechaba que estabas a punto de huir. Te conoce demasiado bien para saber que no ibas a renunciar a tu sueño solo porque la sala Azul te ignorara. Los nocturnos seguíamos tu intervención muy de cerca. Nos sorprendió que fueran tan duros contigo. Imaginamos que se estaba cociendo algo a nuestras espaldas. Parecía que te estaban obligando a iniciar el viaje por tu cuenta. ¿No lo entiendes? La nave de carga se averió muy oportunamente y la condujeron al taller de tu ala, delante de tus narices. Era como una invitación. La única nave capaz de emerger en la superficie del planeta se hallaba a unos metros de tu trabajo y muy cerca del de tu mejor amiga, Laita.

Carso se frotó el rostro confundido.

La nave de Arginal se aproximaba lentamente a la costa. En contra de lo que él había pensado, la mujer iba a atreverse a desembarcar. ¡Los iban a perseguir tierra adentro! ¿Por qué? Ahora sin nave jamás podrían regresar y contar al mundo que la superficie era habitable. ¿Por qué ese afán en destruirlos? ¿Era únicamente el ansia de venganza de la joven? ¿Una cuestión personal? Esta teoría no parecía creíble.

–¿Intentas decir que ellos me empujaron para que llegara hasta aquí? ¿Con qué intenciones?

Sardero enmudeció repentinamente.

–No lo sabemos. Cuando visitaste al noble Latonius, tu padre, y dejaste entrever los motivos de tus preguntas, ya no tuvimos duda de que querían que abandonases la ciudad y que lo habían conseguido. Yo fui elegido para acompañarte y ayudarte.

–Pero eso no tiene ningún sentido –protestó Carso–. Ellos nos atacaron. Querían impedirnos que entráramos en la nave.

–¡No! Todo era falso. Solo dispararon de verdad cuando vieron que yo os acompañaba. ¡Me perseguían a mí!

–¡No le hagas ningún caso! ¡Intenta confundirnos! No es más que un topo de Arginal que pretende delatar nuestra posición. Seguro que tiene un dispositivo de seguimiento.

–¿Lo tiene? –preguntó Carso a Nartis.

Este intentó verificarlo sin resultado.

–Creo haber sufrido algún daño a causa de la explosión. No consigo examinarlo tan profundamente.

–¡Matémoslo! –dijo Alomes apuntándole con el arma–. ¡Será nuestra perdición!

–¡No! –gritó Carso–. ¡No lo permitiré!

El joven se volvió hacia el mar para descubrir lo que se temía. La nave de Arginal acababa de botar un pequeño transporte para llegar a la playa.

–¡Tenemos que irnos! ¡Están a punto de llegar! ¡Entrégame el arma ahora mismo!

Alomes todavía dudaba.

–No conseguiremos librarnos de Arginal si lo llevamos con nosotros.

Carso insistió. Alomes no tuvo más remedio que entregarle el arma. El joven se la confirió a Nartis. Solo si la guardaba él estarían a salvo.

–¡Corramos! –ordenó Carso.

Los cuatro se internaron en la espesura. Nartis les abría el camino golpeando con el brazo las frondosas ramas que poblaban la costa; los demás lo seguían jadeando.

El corazón de Carso latía desaforadamente, no solo por el esfuerzo físico de la carrera. Jamás se había sentido tan desorientado. La situación en la que se hallaba no podía ser más compleja: viajaba con dos individuos de los que no podía fiarse. Se sentía incapaz de decidir quién era impostor y quién, inocente. Aún le quedaban muchos interrogantes por despejar y parecía que Arginal y sus hombres no le iban a dejar tiempo para hacerlo. Al menos, por el momento, no mostraban intención de matarlos. Si hubiesen querido hacerlo, los hubiesen matado cuando se hallaban de pie en la playa. En su lugar, reventaron la nave. Si hubiesen permanecido en el interior ahora no serían más que un montón de trozos esparcidos por el mar. ¿Por qué habían querido matarlos y, una vez a tiro, habían cambiado de opinión? ¡Incomprensible!

–¡No os paréis! –les espoleaba.

No era necesario. Todos corrían con las mismas ansias de huir. Ninguno demostraba interés alguno por encontrarse con Arginal. Si era cierto que uno de ellos era un topo, iba a ser difícil desenmascararlo. Era un grandísimo actor.

XXIII

–¿Qué ha sido eso? –preguntó estupefacto Notorius.

Él, Lacemis y Laita caminaban tierra adentro. Al principio, iban en silencio, angustiados por la pena de separarse de Carso. No obstante, a medida que avanzaban entre la espesa vegetación aromática y profusa en colores, la magnificencia de la naturaleza había conquistado sus corazones y alejado el manto de pena que los cubría.

El entorno era maravilloso. A cada paso proferían exclamaciones emocionadas al descubrir una flor o un ave que los sobrevolaba con un bello canto. Todo se les antojaba delicioso, incluso los insectos que se lanzaban sobre ellos sin piedad.

Laita se palpó repetidamente el rostro en busca de las terribles arrugas que temía que surcaran su piel de un momento a otro por efecto de la nueva atmósfera. Afortunadamente el cutis estaba tan terso y suave como en Proteo; solo unas ronchas rosáceas causadas por el ataque de los insectos le salpicaban aquí y allá las mejillas.

La muchacha sonreía satisfecha. Imaginaba que el efecto suave de los dulces rayos del sol le proporcionaría un bronceado muy atractivo, como el que algunos proteicos conseguían gracias a simuladores de rayos UVA. Lástima que no estuviera Carso para poder lucirlo.

Lacemis disfrutaba de la panorámica al igual que los demás integrantes de la expedición. Se entretenía comparando el entorno con los datos que había almacenado en las unidades de memoria. Se había convertido en un guía excepcional.

–Ese árbol inmenso es una secuoya; y ese otro con los erizos, es un castaño. ¡Es comestible!

Los jóvenes se abrían paso entre la maleza boquiabiertos ante cada nuevo descubrimiento.

–¡Una ardilla! –exclamó Lacemis maravillado.

Los viajeros se detuvieron a observar aquel simpático roedor, que los contemplaba como si fueran los seres más extraños del universo. La ardilla pegó un terrible brinco sobresaltada. Laita, Notorius y Lacemis la imitaron: una terrible explosión había hecho temblar la tierra. Provenía de la costa.

–¡*La prodigiosa*! –bramó la joven intuyendo que en el mundo idílico por el que deambulaban no podía explotar más que la nave de carga.

–¡Carso! –exclamó Notorius sobrecogido.

No fueron necesarias más palabras. Los tres camaradas

giraron sobre sus pasos lanzándose a la carrera. Se precipitaron a toda velocidad por la senda que ellos mismos habían creado al caminar. Con el corazón encogido, no querían pensar más que en correr.

–¡Que no le haya pasado nada! –Laita formuló para sí este deseo sin detenerse.

Era Notorius el que abría la marcha. Una aplanadora de fondos marinos no habría sido tan eficaz como él a la hora de abrir un sendero. La vegetación parecía apartarse a su paso. Corrieron durante minutos, aunque a ellos les parecieron horas y horas. Si no alcanzaban pronto la costa, la angustia, no el cansancio, les obligaría a hacer un alto para tomar aliento.

–¡No os detengáis! ¡Corred! –gritó una voz.

Notorius se clavó en el camino. Laita y Lacemis se empotraron contra él.

–¡Es Carso! –dijo el joven.

–¡Estamos aquí! –vociferó Laita–. ¿Dónde estáis?

–¡Laita, Notorius! –los llamaba el joven.

Fue Nartis el que consiguió orientar correctamente a la expedición. Giró hacia la derecha y caminó en dirección a los compañeros que retrocedían. Carso corrió tras él. No tardaron en alcanzar el sendero creado por Lacemis.

–¡Estamos aquí! –bramó Carso.

Laita viró hacia la voz. Se percató de que el joven se hallaba a su espalda. Voló hacia donde suponía que se encontraba.

–¡Carso! –la muchacha se lanzó a los brazos de su compañero–. ¿Qué ha sucedido?

Notorius y Lacemis llegaron en un instante.

–¡Tenemos que largarnos! –les advirtió Alomes, que acababa de alcanzar el sendero de Lacemis.

Sardero viajaba muy pegado a él demostrando abiertamente que lo vigilaba.

–¡Arginal ha destruido la nave! –les comunicó Carso–. Y nos persiguen. Debemos huir.

–¿Por qué? –se sorprendió la muchacha.

–Francamente no lo sé. En esta expedición hay un enigma que no acabo de desentrañar. Hemos tenido problemas. No hay tiempo para explicaciones ahora. Nos están pisando los talones. Desembarcaron en la playa y les llevamos muy poca ventaja.

–¡Nos encontrarán porque este tipo tiene un dispositivo de seguimiento! –insistió Alomes.

–¡Maldito traidor! –le replicó Sardero mostrando verdadera ira por primera vez.

–Si es el infiltrado, ¿por qué lo lleváis con vosotros? –preguntó perplejo Notorius.

–No lo sé. A estas alturas solo tengo claro cuál es mi nombre. Por el momento, tenemos que hallar un lugar para escondernos. Después... Después ya se verá.

–¡No nos podremos librar de ellos! Nos rastrean con facilidad –continuó Alomes.

–No es necesario que utilicen ninguna tecnología para seguirnos. El paso de cualquier humano por esta selva virgen deja una huella indeleble. Únicamente tienen que seguir por la senda que estamos abriendo. Debemos encontrar un claro o nos localizarán de inmediato.

–Será mejor que nos apresuremos –dijo Sardero oteando el horizonte–. Avanzan más deprisa que nosotros.

–¡Vamos! –ordenó Carso.

Nartis se puso de nuevo al frente de la expedición. Un gesto de su huésped fue suficiente para que se lanzara a toda velocidad hacia adelante. Lacemis decidió cerrar la marcha por si los interceptaban. En esa posición tenía más posibilidades de proteger a Notorius y a los demás.

La naturaleza había perdido todo su atractivo. Se abrían paso entre hayas, magnolias e higueras y solo Lacemis podía detectarlas. Los ojos del resto de los fugitivos se hallaban clavados en el suelo asegurándose de que pisaban terreno firme.

El bosque no parecía tener fin. El calentamiento de la tierra y la ausencia de la actividad destructora de los humanos habían convertido, con el paso de los siglos, un continente helado en un lugar húmedo, templado y atestado de frondosa vegetación. Pequeños animales, en su mayoría roedores y aves, salían huyendo del trepidante avance del grupo. Por suerte, hasta el momento no se habían topado con ningún animal peligroso. Los únicos que parecían existir caminaban con Arginal y su estremecedor acompañante Porton, persiguiendo a los fugitivos.

No importaban que las piernas sufriesen calambres y que la velocidad y el cansancio dificultasen la respiración. Debían proseguir hasta hallar un lugar seguro donde guarecerse y meditar.

Carso era el que más lo necesitaba. Sumergido en sudor, continuaba dándole vueltas a la conversación mantenida con Sardero. Cada minuto que pasaba se inclinaba más por darle crédito a la teoría de que, si no fuese por la intervención de Arginal y los suyos, aquel increíble viaje jamás se hubiese realizado.

–Y serán ellos los que le pongan fin –pensaba mientras apartaba unos helechos que impedían su carrera.

–¡Un claro! –anunció Nartis.

La expedición abandonó, por fin, la maleza. Un inmenso espacio libre de arbustos los recibía con los brazos abiertos.

–¡Un río! –exclamó Laita boquiabierta ante aquella lengua de agua dulce que corría entre la hierba.

–¡Sigamos por el río! De este modo no dejaremos huellas –ordenó Carso.

–¡No sabes lo que dices! –gritó Alomes fuera de sí intentando contener su pecho desbocado por la carrera–. ¡Nos encontrarán! ¡Debemos deshacernos de él!

–¡No! –gritó Carso realmente enojado–. Hasta que no podamos hablar de lo sucedido no tomaremos ninguna decisión. Yo tengo el mando en esta expedición. Espero que quede claro para todo el mundo.

El tono autoritario del joven consiguió apaciguar la ira de Alomes. Eso exactamente era lo que Carso pretendía. Ahora estaba de nuevo con sus amigos. No tomaría ninguna postura hasta haberlo discutido con ellos. Precisaba de su opinión y de su buen criterio. Para desenmascarar al traidor necesitaría la máxima ayuda posible.

La carrera comenzó de nuevo, esta vez sobre el agua. A pesar del peligro de la situación, Notorius disfrutaba chapoteando por la orilla. El río no era demasiado profundo. Esto les permitió correr por las piedras de la ribera sin dejar huellas.

Carso apretaba el paso al máximo. Insistía una y otra vez para que nadie se detuviera. Por el momento, Arginal quedaba lejos. Él esperaba que a su llegada al claro, la mujer se confundiera lo suficiente como para tener que detenerse durante bastante tiempo. No se atrevía a imaginar que perdiera por completo la pista.

Hubiese sido demasiado fácil y, en aquel viaje, las circunstancias siempre escogían el camino más complejo.

Cuando advirtió que únicamente los seres sintéticos podían seguir caminando, pensó que había llegado el momento de encontrar un lugar para el descanso.

–Será mejor que abandonemos el río.

Nartis obedeció de inmediato. Eligió al azar una ruta adentrándose de nuevo en un espeso bosque. Entre los enormes troncos de las secuoyas, los castaños y los robles encontrarían un espacio adecuado para reponer fuerzas y estar ocultos de miradas ajenas.

–Podemos beber ahora y aprovechar las frutas del bosque para acallar el hambre –dijo Nartis.

Carso estuvo de acuerdo. Cuando comunicó que se detuvieran, no tuvo que indicarles que bebieran. Todos, incluso Lacemis, se dejaron caer sobre las aguas para refrescarse y saciar la sed.

Los dos acompañantes debían optar por alimentarse como humanos, en vista de que no tenían acceso a ninguna batería de energía. Poder recuperar fuerzas del mismo modo que un ser orgánico iba a ser una gran ventaja en aquel universo primitivo.

–Ocultémonos en el bosque –les ordenó Carso una vez saciada la necesidad de agua.

Nartis no tardó en hallar el lugar adecuado para el descanso: al abrigo de un gigantesco olmo. El tronco sirvió de apoyo para los agotados cuerpos de los fugitivos. Los dos acompañantes optaron por recoger frutos y reponer fuerzas lo antes posible. Ellos no sentían del mismo modo el cansancio. Un aviso de su unidad central les alertaba de que precisaban recuperar energías.

–¡Higos y bayas comestibles! –anunció Lacemis entregándole un puñado a Notorius.

Este agradeció el gesto y recordó con tristeza la cantidad de estofado de marteres que había explosionado con la nave.

–Es mejor que comamos los alimentos que la naturaleza nos proporciona y guardemos las reservas que tenemos en las mochilas para otra ocasión. No sabemos lo que nos espera.

Carso calló. Tenía tanto en qué pensar...

Se acercó al árbol que Lacemis había llamado higuera y cogió uno de los dulces frutos. Prefirió apartarse del grupo y buscar un lugar donde pudiese contemplar el río. No quería más sorpresas. Si Arginal se aproximaba, la descubriría con suficiente antelación como para retomar la huida con garantías. De todos modos, si Alomes tenía razón y Sardero estaba marcando el camino, los encontrarían, fueran donde fuesen.

Carso intentó analizar a los dos personajes detenidamente. Era bien cierto que Sardero se había mostrado como un tipo muy raro desde el principio. Los había abordado en Distrito V haciéndose pasar por camarero y portaba unas armas que él jamás había visto con anterioridad. Bien podía ser un agente de los misteriosos nocturnos, como él decía. Por otro lado, su entrenamiento físico era excepcional. Carso podía certificarlo después de haber intentado luchar con él en la playa.

–¡Maldita sea! –se dijo–. ¿Por qué demonios tuvo que averiarse Nartis por la explosión?

Sin él iba a ser imposible descubrir el molesto dispositivo de rastreo.

–Alomes... –murmuró el joven pensativo.

De este hombre poco o nada sabía. Tendría que hablar largo y tendido con Notorius. Él sí que lo conocía y podía decirle si realmente era de fiar. Tampoco le gustaba demasiado. O bien estaba aterrorizado por la presencia de Sardero, al que él consideraba un traidor, o bien era un actor maravilloso. Había comenzado la travesía en bastante mal estado físico. Sin embargo, Carso no recordaba ni un solo instante en el que Lacemis u otro tuviese que ayudarle para mantener la trepidante marcha de la huida.

–¡Sorprendente recuperación! –pensó.

Carso decidió regresar con el resto del grupo.

Ninguno de aquellos dos tipos le inspiraba la más mínima confianza. Estaba casi seguro de que ambos sabían algo que no querían comunicar y también de que, de algún modo, los dos mentían. No era muy sensato dejarlos solos con Laita y Notorius, ya que éstos no estaban al tanto de sus últimas reacciones.

–Tengo que hablar con mis amigos largo y tendido –se dijo.

De ningún otro modo iba a dar con las respuestas a tantas sorprendentes cuestiones. Necesitaba colaboración urgentemente.

XXIV

–Tendremos que buscar un lugar donde pasar la noche –advirtió Nartis a la llegada de su huésped.

Los demás descansaban apoyados en los troncos de los árboles.

–¿Podrán detectarnos? –le preguntó Carso al biorrobot.

–¿En el caso de que uno de ellos porte un dispositivo de búsqueda?

–No. Espero que solo sean imaginaciones de Alomes.

–Sin él no podrán encontrarnos. Hay demasiada vida a nuestro alrededor –dijo señalando otra ardilla que saltaba de una rama a otra–. Dentro de la nave era diferente. No había más forma de vida que la nuestra.

–Entiendo... –murmuró el joven.

–A lo lejos he vislumbrado una colina rocosa. Quizá pudiésemos hallar una cueva que nos dé cobijo durante la noche.

Carso estuvo de acuerdo. Se sentía completamente agotado. Llevaban más de veinticuatro horas sin descansar. En el fondo del mar eran los relojes los que marcaban el instante del descanso. Sin embargo, en la superficie la caída del sol anunciaba la oscuridad y el tiempo de dormir.

Laita y Notorius contemplaban atónitos el paisaje. Los rayos del astro rey declinaban, al tiempo que este descendía lentamente sobre el horizonte. Jamás en toda su vida habían presenciado un espectáculo tan fascinante.

–Es el sol –murmuró Notorius sin todavía dar crédito a la belleza que contemplaba.

–Nunca imaginé que llegaría a verlo –le dijo la chica.

Lacemis cotejaba la panorámica con los hologramas que almacenaba en los bancos de memoria. También él podía reconocer la magnificencia de la naturaleza.

Sardero y Alomes no estaban en disposición de apreciar el espectáculo. Devoraban frutos y bayas sin quitarse el uno al otro la vista de encima.

–Siento interrumpir este momento tan encantador –dijo sonriendo Carso a sus amigos–. Es hora de ponernos en marcha y de buscar un lugar donde dormir.

–¡Ésa es una magnífica idea! –exclamó satisfecho Notorius–. Estoy completamente exhausto –dijo intentando ponerse en pie.

Laita bostezó sin poder evitarlo. Era de la misma opinión que su compañero. El grupo se incorporó de nuevo con intención de proseguir la marcha. Carso decidió mantenerse en la retaguardia por si Arginal y sus hombres recobraban su pista. Nartis los dirigió hacia la colina rocosa. No estaba muy alejada. Aquella parte del bosque no era muy tupida y les permitía avanzar sin demasiadas dificultades.

Cuando al fin alcanzaron el promontorio, la luz del sol casi se había extinguido y, con ella, el ánimo de los viajeros que se preguntaban cómo se sentirían envueltos en la oscuridad, sin la presencia de los potentes focos de luz que allá abajo, en Proteo, lucían por doquier.

–No he encontrado ninguna cueva –se lamentó Nartis tras haber revisado las cercanías de la colina–. Podemos cobijarnos bajo ese saliente. Dormiremos a gusto pegados a la pared.

Carso se dispuso a organizar al grupo para el descanso. Ni él ni Sardero ni Alomes habían tenido tiempo de cargar con demasiado equipaje, así que tuvieron que contentarse con las ropas de abrigo que Notorius y Laita les procuraron, rebuscando en las mochilas.

Nartis y Lacemis montarían guardia toda la noche. Ellos no necesitaban dormir, en el extenso sentido de la palabra, para recuperar fuerzas, con relajarse y concederse unos minutos de recarga era suficiente.

Se hallaban todos tan cansados que, mientras se acomodaban sobre la hierba fresca junto a la roca, apenas intercambiaron dos palabras. Carso esperaba pacientemente a que se durmieran Sardero y Alomes; entonces podría charlar con sus compañeros.

Laita y Notorius se envolvieron en una especie de sacos de un material brillante y muy cálido. Ambos se acurrucaron el uno al lado del otro un poco alejados de los demás. Carso se apresuró a tomar posición en sus proximidades.

–¿Habéis visto eso? –preguntó la joven estremecida mirando al cielo.

Sus compañeros elevaron los ojos. Una exclamación de sorpresa y admiración brotó inconscientemente entre los labios. Si contemplar el ocaso les había parecido una experiencia majestuosa, el cielo oscuro salpicado por millones de diminutas luces que parpadeaban graciosamente les cortó la respiración.

–¡Mirad la luna! –exclamó Notorius poniéndose en pie de un brinco.

–¡Cuarto menguante! –descubrió la chica gracias a los hologramas de la biblioteca de Nexus.

–Lacemis, ésa es la luna. ¿Has visto en tu vida algo más hermoso?

Notorius se hallaba tan emocionado y sobrecogido, contemplando la inmensidad del cielo y su increíble belleza, que no se percató de las lágrimas que le corrían por el rostro.

El acompañante se aproximó a él y sintió una honda y dulce inquietud en su unidad central, como si de un humano se tratara.

–La biblioteca de Nexus no le hace justicia –dijo el ser sintético.

Notorius le pasó la mano por el hombro sin apartar los ojos de la luna.

–Ha valido la pena, ¿verdad? Somos las primeras personas que disfrutan de semejante espectáculo.

Lacemis asintió inflado de placer. En aquel mundo nuevo quizá conseguiría ser una persona como las demás, al menos así lo creía Notorius. Incluso pensaba que podría llegar a llorar.

Nartis no tenía tiempo de admirar el paisaje. Se alejó ligeramente del grupo para comenzar la guardia. Sus ojos se perdieron en la oscuridad del bosque. Suponía que, en alguna parte, los perseguidores se habrían detenido para hacer noche.

La oscuridad lo sobrecogía un tanto. Jamás se había encontrado en un lugar con tan poca luz y, aunque no la necesitaba para orientarse como los humanos, su falta se le hacía tan extraña como a ellos.

Cuando volvió el rostro hacia los viajeros, éstos se hallaban ya tumbados cerca de la montaña. Lacemis estaba en su puesto de vigilancia al otro lado del campamento.

Carso no dormía. Podía detectar su nerviosismo: corazón demasiado acelerado, respiración ansiosa... Los demás descansaban plácidamente.

–¡Qué extraño! –se dijo.

Detectaba cierta anomalía en el grupo, que no acertaba a comprender. De repente, recordó que la explosión en la playa había afectado a alguno de sus sensores. Decidió aprovechar la inactividad para revisarse detenidamente. Después, comunicaría a Carso su extraña sensación: uno de ellos permanecía alerta, completamente en tensión. Podía oler desde su posición la desbocada actividad nerviosa de un organismo despierto.

XXV

Carso se despertó sobresaltado. A pesar de todo, el cansancio había podido con él. Echó un vistazo a su alrededor. La escasa luz de la luna le permitió contemplar los cuerpos de los viajeros teñidos de plata. Todos dormían plácidamente.

El joven se incorporó y sintió calambres en los músculos a causa del nerviosismo sufrido durante la fuga de Proteo y el cambio de atmósfera. Superando los dolores se aproximó a Nartis, que permanecía alerta.

–¿Está todo tranquilo? –musitó oteando el horizonte.

–Deben de estar dormidos y tan asustados como nosotros.

Carso sonrió. Quizá Sardero, Alomes e incluso él podían sentir cierta aprensión por estar a la intemperie. Sin embargo, ni Laita ni Notorius experimentaban esa inquietud. Al fin y al cabo, se hallaban donde tanto habían deseado.

–Espero que ellos estén asustados y que no se atrevan a internarse en el bosque a oscuras –susurró el joven–. Supongo que Porton podría hacerlo sin demasiadas dificultades.

Nartis también estaba seguro de ello. Confiaba en que el temor de los humanos ante lo desconocido les impidiese utilizar las capacidades del ser sintético.

–Ahora todo marcha bien –murmuró Nartis–. Duermen –dijo señalando al grupo.

Carso percibió cierta inquietud en sus palabras.

–¿Ha sucedido algo?

–No lo sé. Me he revisado detenidamente. La anomalía que me produjo la explosión de la playa ha desaparecido por completo. Quizá haya sido eso lo que me confundió con respecto a ellos –dijo señalando a los que dormían.

–¿A qué te refieres? –se interesó Carso bajando aún más el tono de voz.

–En un principio, pensé que uno de ellos estaba fingiendo que dormía. Pude haberme equivocado.

El joven tomó del brazo a su acompañante alejándolo todavía más del grupo.

–¡Explícate! –le instó preocupado.

–Me siento incapaz de elaborar un informe concreto de ese punto. No entiendo lo que me sucede. ¿Es posible que la salida de Proteo esté deteriorando mis funciones?

Carso se encogió de hombros.

–¿Te sientes mal? ¿Tienes alguna dificultad en tus circuitos?

–No, pero recibo oleadas de información contradictoria continuamente. Durante un instante todos parecían dormir menos uno que lo aparentaba. Intenté llegar al fondo de esa sensación y, cuando me aproximé, ya había desaparecido. El grupo descansaba plácidamente.

Carso se pasó la mano por el rostro, preocupado. ¡Solo le faltaba no poder contar con las habilidades de Nartis!

–¿Conservas el arma?

El acompañante asintió.

–¿Podrás utilizarla correctamente?

–Creo que sí. Sabes que te informaría si sintiera que me estoy desprogramando.

–Lo sé –dijo Carso–. Debes intentar mantenerte alerta. Es importante que pueda confiar en ti. Bastante tengo con esos dos –dijo señalando a Sardero y Alomes.

El joven consideró que había llegado el momento de profundizar en el conocimiento de aquellos dos integrantes de la expedición. Empezaría por Alomes, puesto que Notorius podría desvelar alguno de sus misterios.

Tras verificar que Lacemis seguía en su puesto sin novedad, regresó junto a sus amigos. Suavemente agitó a Notorius para que se despertara. Laita lo hizo al sentir el cuerpo del joven desperezándose.

–¿Qué pasa? ¿Nos vamos ya? ¡Pero si aún es de noche!

Carso le indicó que bajara la voz. No quería despertar al resto.

–Venid conmigo. Tenemos que hablar.

El joven se volvió hacia Nartis, quien asintió con la cabeza desde lejos. Los vigilaría de cerca.

Los tres amigos se alejaron del resto del grupo. Carso eligió una roca para sentarse.

–¿Qué es lo que sucede? –preguntó Laita algo nerviosa.

Carso se volvió a Notorius.

–¿Quién demonios es Alomes? –le espetó.

–No entiendo. Ya te dije que era el compañero de Erotea, mi hermana.

Carso se vio obligado a contarles con todo lujo de detalles el episodio del arma en la playa.

–O uno de ellos... o los dos nos ocultan la verdad. De eso no hay duda.

–Entonces, ¿estás de acuerdo en que hay un traidor entre nosotros? –preguntó Laita.

–No estoy completamente seguro, pero empiezo a pensar que no es tan descabellado.

–Pues será Sardero –interrumpió Notorius–. Ese rollo de que es un agente de los nocturnos suena a holograma barato. Tú mismo has dicho que sacó el arma. ¿Quién en toda Proteo lleva ese tipo de artilugio?

–Un agente secreto –sentenció Carso.

Notorius bufó molesto.

–Has decidido que es Alomes, ¿no es verdad? ¡Estás equivocado! Admito que se comporta de un modo extraño, pero es debido a la reprogramación errónea.

–¿Alguna vez habíais oído hablar de una reprogramación fallida? –preguntó Laita.

Notorius la atravesó con la mirada.

–¿También te has puesto de su parte?

La muchacha negó con la cabeza.

–Por supuesto que no has oído hablar de ella. ¿Piensas que el zenit nos iba a comunicar todos sus fracasos?

–Últimamente no parece muy enfermo. Ha corrido como el que más... No demostraba estar físicamente deteriorado.

–¿Y qué demuestra eso? –bramó Notorius poniéndose en pie con los brazos en alto–. Exactamente que quería huir de Arginal. ¿Crees que si fuera su agente iba a correr para no retrasarnos?

Carso se vio obligado a admitir el razonamiento.

–No sé –dudó–. Sardero me explicó que los nocturnos suponían que el mismo Proteo nos impulsó a huir. Nos negaron el permiso a propósito para que nos escapáramos por nuestra cuenta. La casualidad de una nave de carga en el taller contiguo al invernadero es muy curiosa. Y también lo es, desde luego, que Alomes llevase trabajando en él unos días.

–Eso no es cierto –dijo Laita–. Yo jamás lo había visto en Lasal. Si trabajaba allí, debió de empezar justo el mismo día que partimos.

–Volvéis a señalarle –protestó Notorius–. No queréis comprender que su mente está confusa y que, quizá, se equivocó al decirnos el tiempo que llevaba trabajando en el invernadero. ¿No comprendéis que le dio un ataque en el mismo taller?

–¡Qué oportuno! –murmuró Carso.

Notorius se enfadó.

–Ya está bien. Os aseguro que es el compañero de Erotea. Y está vivo. ¿Sabéis qué significa eso? Que quizá mi hermana no murió en una explosión cuando descendía a las profundidades marinas. Puede que haya sido reprogramada como él y se halle trabajando en cualquier departamento de Proteo.

–¿Y qué vas a hacer al respecto? –se interesó Laita–. ¿Piensas regresar si descubres que eso es así?

Notorius calló unos instantes.

–No lo sé. Supongo que no regresaré. Aun así es importante para mí saber que mi hermana vive. No creo que sea tan difícil de comprender.

Sus dos amigos asintieron. Laita se aproximó a él rodeándole los hombros con el brazo.

–¡Tranquilízate! Es normal que te preocupes por tu hermana; sin embargo, piensa que quizá él no sea quien dice ser. ¿No es posible que esté intentando engañarte? Hace muchísimos años de eso. Tú eras un niño cuando Erotea murió.

–Pero no ha cambiado nada. Lo reconocí de inmediato. Por supuesto que él a mí no. No puedo pensar que sea un traidor.

–Tal vez no sea culpa suya. Puede que lo hayan manipulado al reprogramarlo –sugirió Carso.

Notorius contempló a sus dos camaradas.

–¿O sea que estáis decididos a que sea él el topo?

Ellos no contestaron.

–Decidme, ¿acaso hasta ahora no nos hemos zafado de Arginal y los suyos? ¿Pensáis que con un impostor entre nosotros no nos habrían interceptado ya? ¿Ha intentado delatarnos? ¿Ha dejado pistas para que encuentren nuestro rastro?

Carso negó con la cabeza.

–¿Entonces? ¿Qué tenéis en concreto contra él?

–Sardero nos ha salvado en el invernadero y en la playa.

–Tú mismo dices que en Proteo intentaban empujarnos a emprender el viaje y a seguir con nuestra huida. Posiblemente solo siga esa consigna.

Carso se detuvo a meditar durante unos minutos.

–¿Y qué hay del dispositivo de rastreo? –preguntó súbitamente Laita–. ¿Nartis no puede detectarlo?

Carso volvió en sí para responder.

–Tiene problemas en su unidad central. No ha podido detectarlo, aunque tal como se encuentra, eso no es garantía de que no exista.

–A lo mejor Lacemis... –insinuó Notorius.

–Nartis es un clase T, generación 23, muy sofisticado. Lacemis no podría detectar nada de lo creado con posterioridad a él.

Notorius no protestó por la degradación de su amigo. Al contrario, el hecho de que no tuviese tantas facultades sintéticas, a los ojos del joven, lo acercaba mucho más a la categoría de vulgar humano. Carso suspiró.

–No dejo de pensar en el motivo por el que nos empujaron hasta aquí.

–¿Estás seguro de que esa no es solo una teoría de Sardero para confundirnos? –preguntó Laita.

–Me inclino a pensar que es verdad. Coinciden demasiadas cosas. ¿Os dais cuenta de la hazaña que nosotros solos hemos conseguido? Tampoco nos ha resultado tan difícil y no dejamos de ser unos jóvenes pertenecientes a una sencilla asociación de amigos.

–Bueno, no todo ha sido coser y cantar –dijo Laita sopesando los momentos duros que habían padecido.

–Ahora, analizando lo sucedido hasta el momento, bajo esa nueva perspectiva, me da la impresión de que todo ha sido una pantomima. Veo a Arginal amenazándonos en el almacén y se me antoja que sencillamente nos acosaba para acelerar nuestra marcha. Lo consiguió. Tenían una nave de carga preparada con armamento para seguirnos. Ahora parece que la persecución a la salida de Proteo no fue más que una maldita representación para que no sospecháramos que estábamos siendo manipulados. Podían habernos hundido y no lo hicieron. Nos han ayudado –sentenció al fin Carso–. No consigo comprender por qué. Me siento como si una mano invisible nos estuviese manipulando para lograr sus planes, sin que podamos evitarlo. ¡Maldita sea! ¡No tengo ni idea en qué pueden consistir!

–No pierdas los nervios –le dijo Laita–. Es posible que estemos aquí gracias a ellos, aun así no podrán decidir por nosotros. En la tierra somos libres; no conseguirán encontrarnos. Empezaremos una nueva vida.

El muchacho nada dijo. Laita no se percataba de que él deseaba regresar y explicarle a la ciudad todo lo sucedido. Ahora más que nunca debía volver a Proteo y abrir los ojos a aquella buena gente, que había depositado su confianza en el zenit creyendo que su bondad y su buena voluntad estaban por encima de toda discusión. No obstante, Arginal y los suyos, y el mismo sistema de Proteo, manipulaban, imponían y utilizaban a sus ciudadanos como estaban haciendo con ellos. Pero ¿con qué intención?

–Laita tiene razón –añadió Notorius–. Al menos estamos fuera. En eso nos hemos beneficiado. Solo nos resta vigilar a nuestros invitados. Incluso estaré pendiente de Alomes en cada momento. Si intenta perjudicarnos, lo descubriré... Y eso que me decanto por sospechar de Sardero. Supongo que es mejor que sea yo el que vigile al compañero de Erotea. Si comete algún desliz, lo desenmascararé; os lo prometo.

Carso sonrió. Afortunadamente, Notorius había entrado en razón. Y es que Alomes resultaba tan sospechoso como Sardero. El mismo Carso se encargaría del control de este último. Confiaba en que el ansia por recuperar el recuerdo de su hermana, o la esperanza de que esta estuviese con vida, no le hiciese bajar la guardia a su compañero.

–Será mejor que regresemos junto a los demás. Está amaneciendo y deberíamos ponernos en marcha. De ahora en adelante recordad que únicamente podemos fiarnos de nosotros mismos. Solo nosotros. ¡Es muy importante! –insistió Carso.

Notorius no era de la misma opinión. No es que pensara que debía incluir a Alomes, pues debía reconocer que empezaba a sospechar de él. Le molestaba que Carso jamás nombrase a Lacemis como uno de ellos.

Laita asintió. Aunque la opinión de Carso pesaba mucho sobre ella y, por ello, Alomes se le antojaba el candidato perfecto a traidor, la figura de Sardero le producía escalofríos. Había en él algo desagradable que aún no había podido aislar. Aun así lo conseguiría. No le quitaría el ojo de encima.

Los jóvenes retrocedieron sobre sus pasos en dirección al campamento. De súbito, como impulsados por el mismo resorte, se detuvieron un instante. Enseguida se lanzaron a la carrera.

–¡Alerta! ¡Alerta!

La voz alarmada de Nartis se abría paso entre las tinieblas del amanecer anunciando que los problemas continuaban y que muy posiblemente iban en aumento.

–¡Corramos! –bramó Carso.

XXVI

Los gritos que llegaban desde el campamento no podían anunciar nada bueno.

Carso, Laita y Notorius alcanzaron a sus compañeros de expedición, al tiempo que una joven de largos cabellos negros y enmarañados irrumpía entre ellos chillando, abriéndose paso en dirección a la montaña.

Era como una aparición. Como un holograma de la biblioteca de Nexus pero de carne y hueso. Entre los fugitivos de Proteo 100-D-22 se hallaba un ser humano nacido en la superficie terrestre, al aire libre, en contacto permanente con el sol.

La impresión recibida fue tal que ninguno de los presentes acertó a realizar el más mínimo movimiento. La mujer los contempló aterrorizada, sin dejar de proferir estridentes aullidos. Sin más, se lanzó contra la montaña con intención de escalarla y alejarse del suelo.

Fue, entonces, cuando un grupo de hombres con lanzas de madera y puntas metálicas, invadieron el campamento persiguiendo a la mujer. En un primer instante, la sorpresa que se dibujó en sus rostros al encontrarse con seres vestidos de tan extraño modo era comparable a la de los propios proteicos. Aun así, parecían tener una misión muy importante que no debía retrasarse ni tan siquiera por la aparición de desconocidos. Olvidaron momentáneamente a los intrusos y se abalanzaron sobre la mujer para impedirle que trepara por la roca. La muchacha se desgañitaba luchando con todas sus fuerzas para librarse de los férreos brazos de los guerreros de largas cabelleras.

Los habitantes de la ciudad de las cúpulas tardaron en reaccionar. La impresión había sido demasiado fuerte. Incluso Lacemis y Nartis habían perdido su capacidad de acción.

Fue Laita la que tomó la iniciativa. No podía soportar el terrible trato que le estaban infringiendo a la joven nativa. Esta había clavado los ojos en la muchacha implorando ayuda. Laita no se había hecho de rogar. Avanzó furibunda hacia los soldados sin manifestar el menor temor a sus armas.

–¡Apartaos! ¡Dejadla en paz!

Los guerreros dudaron ante la presencia de aquel ser, que bien pudiera ser femenino; aunque siendo ellos tan primitivos su arrojo se les antojaba más propio de un varón. La muchacha de largas melenas negras se libró de las garras que la oprimían y corrió hacia los brazos de Laita.

–¡No os atreváis a ponerle la mano encima! –gritó la joven abrazando a su protegida.

Los hombres se miraron confusos. Al parecer nadie había previsto cuál debía ser el comportamiento en semejante situación. De todos modos, uno de ellos, el que aparentaba ser el jefe, al percatarse de que la mujer no estaba armada, decidió avanzar hacia ella amenazándola con la lanza.

Carso no dudó un instante. De un salto se interpuso entre ellos y las mujeres. Notorius hizo lo propio y Sardero corrió para aumentar la empalizada humana. Ni Lacemis ni Nartis podían permitir que sus huéspedes se pusiesen en peligro sin actuar.

Al jefe del grupo no le quedó más opción que detenerse. Bajó el arma al advertir que estaban en franca minoría. Solo le acompañaban cuatro. Consideró que había llegado el momento de parlamentar.

–¿Puedes comprenderlo? –preguntó Carso a Nartis.

–Desconozco el idioma en que habla. No es ninguna de las antiguas lenguas del planeta.

Lacemis, que también había recibido en sus unidades de memoria información sobre los idiomas utilizados antes de la Catástrofe, estuvo de acuerdo con la opinión de su compañero. Entonces, Carso trató de hacerse entender mediante gestos. Intentó explicarles que venían en son de paz, que no estaban armados y que les gustaría conocer a más personas como ellos.

–¿Pretendes que nos lleven a su poblado? –preguntó Laita boquiabierta al interpretar los gestos del joven.

–Quizá haya entre ellos alguien con el que podamos comunicarnos.

–¡Es peligroso! –replicó la muchacha todavía abrazada a la nativa–. Ya has visto cómo trataban a esta mujer.

–No tenemos nada que temer. Nartis está armado y su fuerza unida a la de Lacemis podrían tumbar a una docena de ellos con facilidad –explicó Carso advirtiendo la extremada delgadez de aquellos cuerpos.

Carso se volvió hacia sus compañeros, esperando escuchar opiniones al respecto.

–Yo estoy contigo –dijo Notorius–. Al fin y al cabo pretendo quedarme a vivir en este mundo. Es bueno mantener unas cordiales relaciones con los «vecinos».

Nadie tuvo nada que objetar, excepto Laita que pensaba que, si aquellos humanos eran los únicos habitantes del nuevo mundo, prefería mantenerse lo más alejada posible de aquella civilización.

El jefe del grupo meditó unos instantes. Sopesaba el peligro que aquellos desconocidos podrían representar. Después de unos minutos de silencio, habló en el desconocido idioma. Sus hombres no replicaron. Carso sonrió satisfecho. Al fin, había decidido conducirlos al poblado.

Los hombres primitivos giraron sobre sus pasos. El grupo de habitantes de las profundidades los siguieron en silencio. Laita optó por permanecer rodeada por los proteicos para evitar que los nativos pudiesen alcanzar a la mujer que ella protegía. Evidentemente, no se habían olvidado de la joven. Durante el trayecto, se volvían para verificar que todavía los acompañaba.

–¿Estás seguro de lo que haces? –preguntó Laita–. Creo que nos vamos a meter en un buen lío.

–¿No eras tú la que querías quedarte en la superficie terrestre a vivir? Pues esto es lo que encontrarás. El hombre ha retrocedido siglos y siglos. Todo el progreso que consiguió a lo largo de su historia se ha volatilizado. Nosotros hemos sabido conservarlo; por ello estoy tan orgulloso de nuestra sociedad.

La muchacha no contestó. Por supuesto no esperaba que la humanidad hubiese vuelto a la prehistoria. Obviamente ella no pertenecía a aquel mundo. A pesar de ello no había perdido la esperanza de poder crear, con su propia voluntad y sus manos, un lugar nuevo donde vivir en libertad y decidir sin presiones. En la superficie terrestre había espacio para todos. Ésa era otra ventaja.

Atravesaron un bosque, varios claros y dos valles. La caminata no parecía terminar nunca. Los hombres primitivos no demostraban, en absoluto, cansancio. El grupo fugitivo comenzaba a sentir los efectos del esfuerzo físico. Pronto necesitarían, imperiosamente, comer y beber. Incluso los seres sintéticos tendrían que recuperar energías.

El sol se hallaba ya en su cenit cuando al fin vislumbraron un poblado primitivo formado por cabañas redondas fabricadas de adobe con techos de paja. ¡Había por lo menos un centenar!

Muchos hombres y mujeres se acercaron movidos por la curiosidad para contemplar a los recién llegados.

–Creo que deberíamos largarnos –dijo Alomes.

Carso observaba la reacción de los nativos con atención. Esperaba que no los recibieran violentamente; en caso contrario, tendrían que actuar con celeridad.

–Ten el arma a mano –le susurró a Nartis, intuyendo que quizá había cometido un error.

Este acababa de aproximarse a su huésped.

–Tengo malas noticias –susurró–. Alguien ha ido dejando señales a lo largo de todo el camino.

–¿Los salvajes?

–No. Uno de los nuestros. Incluso ha llegado a marcar signos en la tierra.

Carso evitó preguntar por la identidad del traidor. Obviamente, Nartis la desconocía. Al menos ahora estaba seguro de que la expedición contaba con un impostor. Alomes o Sardero no viajaban con ellos por propio interés sino por el de Arginal, Porton y los suyos.

–Continúa en alerta.

Laita se aproximó al máximo a los dos seres sintéticos. La muchacha se había percatado de la hostilidad con la que los habitantes de la aldea la contemplaban a ella y a la nativa que protegía entre sus brazos. La mujer lloraba en silencio. Cuando se vio de regreso al poblado, no pudo contener las lágrimas.

–¿Te das cuenta? –le dijo Laita a Carso–. Está aterrorizada. Yo soy de la misma opinión que Alomes: debemos largarnos y llevárnosla. Te advierto que no pienso entregársela a esos animales.

Carso resopló. Se había metido en la boca del lobo y quizá no fuese tan fácil eludir una confrontación.

–No pasará nada –dijo Notorius sonriéndole a la masa que los contemplaba curiosa–. Parecen amables. Estoy seguro de que nos llevaremos bien. Ojalá podamos entendernos con alguien y averiguar si hay cerca otro tipo de civilización.

El jefe de la expedición les indicó que permanecieran en el lugar hasta el cual los había conducido. Exactamente en el centro del poblado, a las puertas de la cabaña más grande de la aldea.

–Supongo que ahora veremos al jefe de la tribu –supuso Carso, rememorando algún viejo documental de la biblioteca Nexus.

Unos minutos fueron suficientes para confirmar las sospechas. Un hombre gordo de mediana edad, ataviado con extrañas ropas fabricadas con paja de colores y multitud de collares, se asomó a recibir a los intrusos.

Carso lo saludó lo más cordialmente que supo. El jefe de la tribu permaneció en silencio escuchando las explicaciones del guerrero, mientras los examinaba de arriba abajo. La expresión de su rostro se tornó agresiva cuando descubrió que la joven nativa los acompañaba.

–¡Esto se va a poner muy feo! –murmuró Alomes al oído de Notorius–. Deberíamos salir por piernas. Ese tipo no me da buena espina.

El joven le obligó a callar con una seña.

–¿Puede comprenderme? –preguntó Carso tendiéndole amistosamente la palma de la mano.

El jefe de la tribu la contempló en silencio, un tanto sorprendido, sin hacer un solo gesto. Carso no tuvo más remedio que retirar la mano. El hombre gordo murmuró algo a su segundo y acto seguido desapareció tras la puerta de la cabaña.

–Por favor, Carso, marchémonos inmediatamente. ¿Qué se nos ha perdido a nosotros aquí? ¡Empiezo a estar muy asustada!

–¡Venga, ánimo! –le dijo Notorius–. ¿Es ese el espíritu de una exploradora? Disfruta del paisaje, disfruta de la compañía –decía el muchacho sin dejar de sonreír a cuantas mujeres veía–. ¡Me encanta el nuevo mundo!

Solo Alomes estaba tan asustado como Laita. El hombre no se separaba un ápice de Notorius. Todas sus preocupaciones se las iba murmurando al oído. Sardero, por el contrario, no demostraba inquietud alguna. Quizá sorpresa y perplejidad, pero nunca miedo como el que estaba a punto de apoderarse de Laita.

–No te preocupes por nada, muchacha –le dijo a la joven que gemía suavemente–. No les permitiré que te hagan daño.

Ambas se aproximaron todavía más a Nartis y Lacemis, que vigilaban que nadie osase a aproximarse demasiado a los huéspedes. La muchacha sabía que, si intentaban lastimarlas, los dos seres sintéticos se sentirían obligados a actuar en su defensa, siempre y cuando tal acción no perjudicase a los propios huéspedes.

–A su lado estaremos seguras –murmuró Laita.

–¿Qué crees que está haciendo el jefe dentro? –preguntó Notorius a Carso.

–Ni idea. Al menos, por el momento, no parecen demasiado molestos por nuestra presencia –musitó el joven vigilando los rostros expectantes que los rodeaban por todas partes.

Carso también comenzaba a inquietarse. Hasta el momento, la única idea que había dirigido sus acciones era sencillamente huir de Arginal. Ése había sido hasta aquel instante su propósito. Temía por las vidas de todos si la malvada mujer conseguía capturarlos. Aunque en la playa no había dado muestras de querer eliminarlos, no las tenía todas consigo. Su exagerado empeño por apresarlos le hacía pensar que tenía intenciones ocultas que, en modo alguno, podían ser beneficiosas para el grupo. Obviamente, cerca de Arginal estaban en peligro. Ante la aparición de aquellos personajes estrafalarios y tras considerar que no eran enemigos, había decidido acompañarlos, esperando que pudieran ayudarles. No podían permanecer hasta el fin de sus días huyendo y escondiéndose. En algún momento deberían detenerse, pensar y enfrentarse a Arginal, a Porton y a sus hombres. Desde luego, solos y desarmados no tendrían ninguna posibilidad, pero si consiguieran colaboración de los salvajes, quizá podrían reducir a la mujer y a su grupo y apoderarse de la nave en la que habían emergido.

Carso no podía olvidar que sin ella permanecería atrapado para siempre en la superficie terrestre. El plan original le empujaba a actuar en esta dirección. Quería regresar y haría todo lo posible por conseguirlo. No obstante, aunque no había recibido muestras claras de animadversión, tampoco se había visto arropado por un caluroso recibimiento. Empezó a considerar la posibilidad de haberse equivocado al buscar ayuda entre aquellos salvajes. Él sabía que podían aportar grandes progresos en la aldea a

cambio de hombres fuertes capaces de luchar. Todavía tenía que buscar la manera de explicarse y después esperar a que aceptaran.

–Eso si no nos liquidan antes –se dijo.

El jefe de la tribu asomó de nuevo la enorme barriga oculta por las pajas de colores. Sonriente se aproximó a Carso y le tendió un diminuto artilugio.

El joven dudó unos instantes antes de tomarlo. Al fin lo cogió con cierta aprensión. Era un aparato muy pequeño, a todas luces metálico. Constaba de dos diminutas esferas unidas por una pieza cilíndrica delgadísima. Esta pieza era muy flexible.

Carso nunca antes había visto algo semejante. Intentó pasárselo a Nartis para su análisis, pero los gritos del jefe se lo impidieron. El hombre acababa de colocarse el artefacto de tal modo que una de las esferas se hallaba en el interior del oído y la otra bajo el labio inferior.

El jefe le indicó mediante gestos que se lo instalara.

–¡No lo hagas, por favor! –exclamó Nartis muy alterado–. No identifico el artefacto. Puede ser nocivo para tu salud.

El joven trató de apaciguar los ánimos entre los suyos. El grupo se había revolucionado con la llegada del dispositivo. Todos eran de la misma opinión que Nartis. Aun así, Carso decidió arriesgarse. Se instaló el artilugio en el oído sin ningún problema. De pronto, respingó impresionado.

–¡Entiendo lo que dice! –le explicó a sus compañeros.

El jefe de la tribu hablaba a través de la pequeña esfera en su enigmático idioma. Carso lo recibía con claridad en el propio.

–¡Les recibimos en nuestro poblado, viajeros!

–¡Somos amigos! –dijo Carso.

–¡Estaríamos encantados si nos acompañasen a la ceremonia solemne que tendrá lugar este día! Serán nuestros invitados.

–¡Lo comprendo perfectamente! –exclamó el joven atónito–. ¡Es un aparato fantástico! ¿De dónde demonios lo han sacado?

–Los dioses proveen a sus humildes siervos y, por ello, nosotros les rendimos culto en nuestra ceremonia solemne.

–¿De verdad entiendes lo que dice? –preguntó Laita francamente perpleja.

Ella, al igual que los demás, escuchaban a Carso hablar en su lengua y al jefe en una de la que eran incapaces de entender una sola palabra. El joven parecía mantener una conversación fluida en el idioma salvaje.

–Ya hemos hablado lo suficiente. La ceremonia no debe retrasarse.

Carso se percató de que el jefe iba a dar por zanjada la conversación. No podía permitirlo sin saber a qué atenerse con respecto a ellos.

–Quizá no debiéramos permanecer en el poblado. Somos fugitivos. Nos persiguen.

El jefe rió abiertamente.

–Acudiréis a la ceremonia solemne. Los tocs no conocemos el miedo. Nuestros dioses nos protegen.

Dicho esto se libró del sorprendente traductor. Carso no supo si lo hizo porque no deseaba seguir charlando o para mostrarle que el poder de sus dioses superaba con creces al de los extranjeros. La prueba era el aparato que el joven aún llevaba en el oído.

A un gesto del hombre del traje de colores, los curiosos se disgregaron. Hombres y mujeres se retiraron para comenzar los preparativos de la gran ceremonia que pronto se iba a oficiar.

–¿Qué te ha dicho de la muchacha? No le sacaba el ojo de encima –preguntó muy inquieta Laita.

–Nada. Nos ha invitado a presenciar una ceremonia. Creo que tendremos que quedarnos.

–¡Estupendo! –exclamó Notorius palmeando la espalda de Lacemis.

–¡Has perdido el juicio! –gritó Alomes–. He visto documentales antiguos en la ciudad en los que explicaban que salvajes de este tipo podían ser caníbales. ¿Entiendes? Que se alimentan de carne humana.

Laita se estremeció. ¿No sería ese el destino de la joven que se acurrucaba en su pecho?

–¡Tenemos que marcharnos!

–¿Y seguir huyendo para siempre? –inquirió Carso.

–No nos seguirán para siempre. Estamos en un continente enorme. Si continuamos caminando, terminarán por abandonar la persecución. Después buscaremos un lugar donde organizarnos y empezar una nueva vida.

–¿Cómo? ¿Dónde? ¿Qué comeremos? ¿Cómo sobreviviremos? –soltó Alomes como una metralleta.

–No tenías tantas dudas cuando embarcaste –le recriminó la joven–. Todos sabíamos a lo que nos exponíamos. Tengo que reconocer que yo pensé encontrar una ciudad en alguna parte parecida a la nuestra, donde pudiésemos vivir al aire libre y en libertad. Quizá exista en algún lugar. Si no es así, no me importará vivir como ellos, cazando o cultivando, pero alejada de su violencia.

–No sabes lo que dices. No duraríamos ni dos días –murmuró Alomes.

Carso terció en la discusión intentando poner orden.

–Por el momento, no creo que nos quede más opción que asistir a la ceremonia. Más que una invitación parecía una orden. Y, aunque quizá este no sea el lugar más idílico del mundo, te aseguro que no me marcharé de aquí hasta descubrir de dónde han sacado el traductor. Está claro que ninguno de los que nos han recibido tienen conocimientos para fabricarlo.

–Es muy interesante –murmuró Sardero, que había permanecido en silencio desde que habían entrado en la aldea–. Alta tecnología.

–Exacto –corroboró Carso–. Creo que esta ceremonia nos deparará muchas sorpresas.

La conversación tuvo que ser interrumpida. El jefe reclamó la presencia de los extranjeros. Los hombres armados les invitaron a acompañarles con suavidad, pero sin soltar las lanzas.

Atravesaron el poblado lentamente. Excepto Notorius, ninguno de ellos tenía prisa por descubrir lo que les aguardaba. El joven caminaba sonriente, disfrutando de la novedad de hallarse entre seres humanos nacidos bajo los cálidos rayos de sol. Realmente tenían un aspecto aterrador, con el pelo largo y despeinado, con el cuerpo al aire y re-

pleto de mugre. Aun así él los envidiaba. Corrían y saltaban bajo el cielo azul. Él no cambiaría esta sensación por nada del mundo. Se percataba de que Carso no era de su misma opinión: Todavía pensaba en regresar. Siempre en regresar. Lo sentía por él. Cada vez las posibilidades de volver a hundirse en las profundidades del océano eran más escasas. Arginal no se había destacado en el arte de la persecución. Hasta el momento no habían visto ni rastro de ella. Su nave permanecía anclada en la playa; era el único medio de abandonar el continente. Notorius había decidido que se estaba mucho mejor tierra adentro y así se lo comunicaría a Carso tan pronto le sugiriese una incursión cerca del mar. Sabía que lo haría.

XXVII

El jefe condujo a los extranjeros a una explanada aneja al poblado, libre por completo de árboles y tapizada por un delicioso y fresco manto de hierba. Formando un círculo gigante se hallaban enclavados una docena de monolitos, alrededor de los cuales los nativos comenzaron a arrodillarse.

Carso se inclinó al lado de una de las enormes rocas, adonde el jefe los había llevado. Los demás se arrodillaron unos junto a otros.

–¿Tienes alguna idea de qué va esto? –preguntó el joven a su acompañante.

Nartis pareció revisar los bancos de datos. Después negó rotundamente. Laita no se separaba de la joven nativa. El jefe abandonó el grupo para continuar con los preparativos. La mirada que le dedicó a la muchacha de largos cabellos oscuros no era muy alentadora.

–¡Estoy asustada! –murmuró Laita a Carso–. Tengo los nervios de punta.

–¡Tranquilízate! Te prometo que no permitiremos que le hagan daño.

El joven contemplaba la febril actividad que desplegaban algunos de los aldeanos, transportando ramas y un altar de piedra para llenar la parte central del círculo. De vez en cuando, volvía la mirada hacia el poblado. No había olvidado la información que le había proporcionado su acompañante. El traidor había hecho de las suyas y, aunque el ser sintético había destruido varias de las pistas que este había dejado a su paso, no podía asegurar que alguna no le hubiese pasado desapercibida.

Carso temía que de un momento a otro se presentaran para la ceremonia Arginal y los suyos. No se imaginaba cómo reaccionaría ella. A él le preocupaba la vida de su grupo y la de los habitantes de la aldea. Cualquiera sabía hasta dónde podía llegar la maldad de aquella mujer.

Unas jóvenes de largos cabellos se aproximaron a los intrusos. Portaban cuencos repletos de un líquido jugoso y repartieron entre ellos una especie de carne seca que tenía aspecto de ser muy nutritiva.

Nartis fue el primero en catar los productos. Después de la señal afirmativa, los demás se lanzaron sobre la comida. Con tantos nervios, caminatas y emociones, tenían un hambre feroz. Incluso la muchacha nativa comía con fruición.

–¡Asqueroso! –exclamó Notorius solicitándole a las jóvenes otra ración.

En silencio trataron de saciar el hambre y la sed esperando a que, con el estómago lleno, la inquietante situación en la que se encontraban les resultase un poco más llevadera.

–Empiezo a pensar que esta excursión es una completa locura –musitó Alomes al oído de Notorius.

El joven se volvió sorprendido.

–Quizá nosotros estemos locos por emprenderla. A ti no te quedaba más opción si no querías perder el poco cerebro que te dejaron vivo.

El hombre se revolvió en el suelo intranquilo.

–¿De verdad no recuerdas nada importante de tu hermana? –susurró como si temiera que alguien pudiera escucharlos.

–¡Claro que sí! La recuerdo perfectamente. La quería mucho. Era una mujer cariñosa y buena como pocas. Tú deberías saberlo.

Alomes resopló y se apresuró a asentir.

–¡Sí que lo era! ¡Una gran mujer! Me gustaría poder recordar pequeños detalles de nuestra existencia juntos. Imagino que sabes a lo que me refiero...

–Supongo que habrá sido muy duro para ti que eliminaran de tu cerebro gran parte de vuestra vida en común.

Notorius suspiró apenado. Hacía mucho tiempo que no pensaba en la gran pérdida que había sufrido su familia. La constante presencia de Alomes se lo recordaba continuamente.

–Si fuera posible que estuviese con vida... – suspiró.

–¿Dónde estaría si fuese así? –le preguntó el hombre.

–¿A qué te refieres? ¿Has recordado algo más sobre ella? ¿Sabes ya si vive y si fue reprogramada como tú?

Alomes agitó la cabeza negando.

–No consigo ordenar las imágenes que pululan en mi mente. No dejo de presenciar escenas en las que aparece ella. Siento que estoy a punto de hacerlas encajar perfectamente, como si se tratara de un puzle, y, de pronto, se desvanece la visión. Es como si me faltara un dato, una pieza para completar el recuerdo de Erotea. A lo mejor tú puedes ayudarme refrescándome la memoria. Cuéntame todo lo que recuerdes de aquella época, justo antes de la tragedia.

–Era un chiquillo. No sé qué podría contarte.

–¿Sucede algo? –les interrumpió Carso percatándose de que los dos hombres hablaban por lo bajo.

–Alomes intenta recordar.

–Pues menudo momento para hacerlo –dijo Carso, inquieto por el espectáculo que pronto se iba a representar ante sus ojos.

–Supongo que está preocupado como todos.

–El traidor ha ido señalando el camino que nos ha traído hasta aquí –le comunicó en un murmullo.

–Y, claro está, sigues decantándote por Alomes.

–Últimamente no parece disfrutar de estar lejos de Proteo. Apuesto que, si sugiriésemos la posibilidad de entregarnos a Arginal, él se apuntaría.

–Puedes probarlo –le incitó Notorius.

–Quizá lo haga.

La conversación quedó interrumpida por la aparición del jefe en medio del círculo. Elevó los brazos hacia el sol que brillaba en toda su intensidad y profirió una especie de discurso que los súbditos coreaban con gritos de alegría.

–Esta chica va a sufrir un ataque de nervios –dijo Laita intentando controlar a la joven.

–Será mejor que le administres un tranquilizante –le dijo Carso a Nartis.

El acompañante obedeció.

–¿Por qué ese tipo no se pone el aparato en los labios? Acaso nos mantiene en la ignorancia a propósito –protestó la joven.

Como si el jefe la hubiera escuchado, se instaló el traductor en el oído y se dirigió a los invitados.

–¡Nuestros dioses y el sol os dan la bienvenida a su pueblo, viajeros de los cielos! ¡Presenciaréis la ceremonia que en honor a nuestros dioses teníamos prevista! Así podréis comunicar a todos los viajeros de las estrellas que sabemos rendirles tributo.

El jefe dio por concluida la parte dirigida a los extranjeros. Se deshizo del traductor y, tras entonar un extraño cántico, se acomodó en un improvisado trono, justo detrás del altar de piedra. Comenzó la ceremonia. Un grupo nutrido de guerreros saltó al centro del círculo y, acompañados de tambores y de unos instrumentos parecidos a las flautas, inició una espectacular danza, donde los brincos y los gritos eran los protagonistas.

El grupo de intrusos permanecía boquiabierto contemplando a los bailarines. Todos los reunidos en la explanada, incluidos ellos, se habían puesto en pie para corear los bramidos de los oficiantes.

–¿Qué quiso decirnos con ese discurso? –preguntó Laita a Carso.

–¿Por qué nos llamó viajeros de las estrellas? –inquirió Notorius.

–No tengo ni la más remota idea –dijo Carso–. Me pregunto a qué dioses rinden culto. No hay representación de ellos por ninguna parte.

–A mí lo que me preocupa es el tipo de ceremonia. Parece que va a haber un sacrificio. Lo he visto en la biblioteca –dijo la chica.

–No seas aprensiva –le recriminó Notorius–. De entrada, ya has mirado mal a esta gente porque son diferentes. Eres una representante clara de la civilización de Proteo. Hasta ahora no han hecho nada reprobable.

Laita enmudeció. La rabia le brotaba por cada poro de su piel. No comprendía por qué ninguno de los presentes se percataba de la gravedad de la situación. Si no fueran terribles salvajes, la muchacha que se abrazaba desconsoladamente a ella no se hallaría en semejante estado de crisis. Era obvio que se sentía amenazada por el ritual que acababa de comenzar.

–Estoy de acuerdo con Laita –la apoyó Alomes–. Opino que deberíamos abandonar ahora mismo este lugar lo más discretamente posible.

–Somos dos contra dos –insistió Laita.

Carso se volvió hacia Sardero.

–¿Tú qué dices?

–Alomes quiere regresar para entregarnos a Arginal –sentenció.

–Somos tres –dijo Notorius–. Y no le has preguntado a Lacemis.

La joven obvió el asunto de los acompañantes.

–Sardero es un traidor. Que su opinión sea quedarse os debía abrir los ojos en cuanto a la conveniencia de hacerlo. Él solo quiere perjudicarnos.

–Estás equivocada –se defendió Sardero–. Ya os he dicho que soy un agente de los nocturnos. Intento descubrir el motivo real de este viaje. Jamás os haría daño.

–¡Tonterías! –dijo Laita.

Había cambiado abiertamente de opinión. Alomes estaba de su parte. Ya no le parecía un infiltrado sino el único que conservaba un poco de sentido común y que no se había dejado llevar por la curiosidad y la fascinación de lo enigmático.

–Creo que sales perdiendo –le dijo Carso.

La muchacha meditó intentando abstraerse de los gritos, los saltos y los sonidos de los estridentes instrumentos. Se percataba de que no podría huir solo con Alomes y la joven nativa. Quizá a ellos dos les permitieran alejarse del poblado, aunque llevarse a la muchacha no iba a ser fácil. Necesitaba la colaboración de todos.

–Debemos marcharnos –le susurró Alomes.

Cuánto le hubiese gustado poder hacerlo, al menos intentarlo. Pero ¿qué iba a ser de ellos en aquel mundo sin un acompañante que les sacara las castañas del fuego? Ni Lacemis, ni Nartis abandonarían a sus huéspedes.

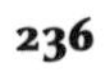

–No puedo dejarlos –murmuró.

Los demás permanecían sumergidos en la trepidante

danza, en la que se había incorporado un grupo ataviado con ropas de pajas coloreadas en amarillo.

Laita abrazó a la muchacha que gimoteaba aferrada a su pecho.

Cuando la danza alcanzó su punto más álgido y toda la tribu se puso en pie elevando los brazos al cielo y bramando como animales, Sardero se volvió repentinamente.

–Alomes intenta escapar –le dijo a Carso.

El hombre retrocedía lentamente tratando de alejarse en silencio del grupo. Sardero se puso en tensión. Carso lo sujetó para que no se moviera.

–Nartis se encargará de él.

Justo en ese instante se hizo un silencio sepulcral en el escenario de la ceremonia. El jefe se puso en pie y se acercó al altar. Allí separó unas ramas que ocultaban un extraño artilugio.

–¡Va a huir! –insistió Sardero.

Carso no había ordenado al acompañante que detuviera al fugitivo. Sus ojos se habían quedado clavados en el artefacto.

–¿Qué es eso? –preguntó sorprendido.

Una diminuta caja metálica brillaba sobre el altar de piedra. Era un objeto familiar.

–¡Alomes huye! ¡Déjame detenerlo! –insistía Sardero.

La fuga parecía inminente. El brazo de Carso se aferraba al de Sardero, que contemplaba al joven confuso. Solo empujándolo violentamente se libraría de él y lograría interceptar a Alomes, que reculaba para alejarse cada vez más del grupo.

–No puedo hacerlo sin violencia –se dijo angustiado Sardero.

El jefe de la tribu rozó suavemente el artilugio. Todos las miradas estaban fijas en él. El silencio era mortal. Los reunidos contenían la respiración. Todos los corazones, incluidos los de los recién llegados, palpitaban desaforadamente.

–¡Un holograma! –gritó Laita rasgando el silencio.

Una imagen espectral, como las de la biblioteca de Nexus, los observaba con atención desde el interior del círculo de la ceremonia. Una mujer joven de cabello corto y negro movía la boca sin emitir ninguna palabra. El holograma parecía estar dañado.

–¡Erotea! –el bramido provenía de los labios de Notorius.

Lacemis se apresuró a tomarlo por los hombros, temeroso de que sufriera algún tipo de ataque. Sardero no tuvo que inquietarse más por el modo de librarse del abrazo de Carso. Alomes se había detenido en seco al escuchar la exclamación del hermano de su compañera. Todo el espacio que había ganado con intención de fugarse fue recorrido de un solo salto. El hombre se abrió paso entre el grupo para contemplar la imagen de la mujer.

Se volvió hacia Notorius. Estaba a punto de sufrir un desmayo. Obviamente su hermano no podía equivocarse.

–¡Erotea! –exclamó a su vez.

La tribu en pleno hincó las rodillas en el suelo. Solo los extranjeros permanecían en pie, estupefactos, contemplando la imagen muda de una mujer que había muerto hacía unos treinta años en las profundidades del océano Atlántico, cuando intentaba sumergirse más allá de lo humanamente posible hasta el momento. ¿Cómo era posible que se hallase allí, en medio de una tribu de salvajes, adorada como a una diosa?

–¿Qué demonios está pasando aquí?

Carso formuló la pregunta que martilleaba insistentemente en el cerebro de cada uno de los integrantes de la expedición.

XXVIII

El holograma de la famosa científica de Proteo-100-D-22 continuaba departiendo en silencio ante el poblado yaciente.

Lacemis suministró a Notorius unas pequeñas pastillas naranjas con intención de que recuperase la lucidez. La impresión había sido demasiado fuerte. De repente, la voz dulce y cálida de Erotea se extendió por la inmensa explanada.

–Necesitamos hombres valientes, mujeres con coraje...

La disertación se interrumpió de nuevo en este punto. El holograma estaba gravemente dañado.

–¡Es la exposición del proyecto ante el zenit! –exclamó perplejo Alomes–. Me han puesto esa grabación al menos una docena de veces.

Carso se preguntó quién se la habría pasado y por qué motivos. Apartó momentáneamente esa cuestión de su mente. Tenía algo urgente que averiguar y solo él podía

hacerlo gracias al traductor que llevaba en el oído. Dio un paso al frente con intención de hablar con el jefe y se detuvo en seco.

Un grupo de hombres arrastró a un joven alto y fuerte hasta el altar donde el holograma seguía moviendo los labios. El jefe, como deferencia a los extranjeros, volvió a utilizar el traductor.

–¡Un hombre valiente! –gritó.

Como respuesta a su alarido, un cuchillo de pedernal se clavó en el corazón del joven. El poblado permanecía en absoluto silencio. Los gritos de horror provenían del grupo de extranjeros. Ni siquiera habían tenido tiempo de reaccionar. Ante ellos, un hombre joven había fallecido en un sacrificio sin sentido ante un holograma averiado.

–¡Tenemos que salir de aquí! –bramó Laita.

Su compañera lloraba a pleno pulmón. Carso todavía no se lo podía creer.

–¡Necesitamos a la mujer con coraje! –les amenazó el jefe.

Laita la aferró con más fuerza que nunca.

–¡No la entregaremos! –vociferó.

Carso, Nartis, Lacemis y Sardero se apresuraron a impedir el paso de los guerreros que se encaminaban hacia la joven. Incluso Notorius, todavía algo mareado, se unió a la barrera humana.

Alomes eligió ese instante para huir del círculo de la tragedia. No llegó muy lejos. El jefe elevó su mano apuntando hacia él. Un rayo brotó de entre sus dedos. Alomes se desplomó sobre la hierba.

–¡Un rayo paralizante! –exclamó Carso atónito al descubrir que el arma habitual de los cuerpos de seguridad de Proteo pudiese estar en manos de aquel jefe salvaje.

Lacemis y Nartis se colocaron entonces frente a sus huéspedes. Sabían que el arma no tenía efecto sobre los biorrobots. Sardero se hizo un hueco entre ellos.

–Devolvedme a la mujer. Habéis oído cómo la diosa la reclamaba.

Carso quiso abrirse paso entre los acompañantes. Como se lo impidieron, llevados por sus directrices internas de proteger siempre a los huéspedes, no le quedó más opción que dirigirse al jefe desde una posición más retrasada.

–¡Nosotros también somos dioses! ¡No debes contrariarnos! ¡La mujer debe permanecer a nuestro lado! ¡Ha sido elegida!

El jefe sonrió y disparó el rayo paralizante. Se estrelló contra Lacemis, Nartis y Sardero. Carso contempló estupefacto cómo este último permanecía impertérrito. El jefe volvió a sonreír.

–Sabía que erais dioses desde que aparecisteis, pero no sois los protectores de este pueblo: estáis desarmados. La diosa de las estrellas y su cohorte nos vigila desde las alturas. Aunque seáis seres mágicos, no podéis luchar contra sus deseos. ¡Entregadme a la mujer! De lo contrario, os arrepentiréis.

–¡Nartis, empuña el arma! –ordenó Carso.

Nartis abrió un compartimiento bajo la piel y extrajo el arma que le habían requisado a Sardero. Este hizo lo propio sacando dos armas idénticas a la del acompañante.

Una la empuñó él mismo; la otra se la entregó a Lacemis.

–¡No es humano! –advirtió estupefacto Notorius.

–Son demasiados –explicó Sardero–. No podremos contener a todo el poblado. Necesitamos ayuda.

Dicho esto cerró los ojos concentrándose, como si estuviese llevando a cabo una comunicación remota. Los salvajes avanzaban hacia ellos lentamente, amenazándolos con las lanzas. El jefe caminaba sonriente con el rayo paralizante apuntando a los extranjeros.

–No saldréis del poblado hasta que no me entreguéis a la mujer con coraje –dijo señalando a la muchacha toc.

–¡Jamás! –gritó Laita intuyendo las amenazas y retrocediendo lentamente con la joven oculta tras su cuerpo.

Los salvajes intentaron rodearlos. Nartis, Lacemis y Sardero se separaron para proteger a los humanos del grupo.

–¿Cómo vamos a salir de esta? –preguntó Notorius vigilando inquieto a su alrededor.

Carso no tenía aún respuesta. Se contentaba con desandar sus pasos aguardando un milagro.

–Recojamos a Alomes –dijo al tropezar con el cuerpo caído en el suelo.

Estaban absolutamente rodeados. Los salvajes les dejaban retroceder esperando a que el jefe diese la orden de ataque. Pero este parecía dudarlo. Quizá no tenía muy claro el poder de aquellos dioses extranjeros que eran inmunes a la maravillosa arma que poseía. Aun así, estaba seguro de que no les permitiría salir del poblado con la chica.

–¿Alguna sugerencia? –le preguntó a Nartis sin apartar la mirada de las lanzas que los amenazaban.

Fue Sardero el que se apresuró a contestar.

–Tendremos que abrirnos paso a disparos. Ni siquiera así tendremos demasiadas posibilidades.

La distancia prudencial que guardaban los guerreros se iba acortando. Si Carso pensaba decantarse por lanzarse a la carrera, mientras los seres sintéticos disparaban, tendría que decidirlo ya, antes de que estuviesen demasiado cerca.

Notorius cargaba con el cuerpo de Alomes. No iba a resultar sencillo huir a toda velocidad con semejante peso a los hombros.

–Tendremos que salir pitando cuando empiecen los disparos –les advirtió el jefe de la expedición–. ¿Estáis listos?

Laita asintió aferrada a su compañera. Carso ayudó a Notorius a transportar el cuerpo.

–Ha sido un placer realizar este viaje con vosotros. ¡La aventura más grande de los últimos siglos! –dijo el joven.

Sonaba a despedida. Así lo entendieron humanos y robots. La situación era demasiado compleja como para albergar esperanzas de salir con vida. Aguardar piedad de aquellos rostros fieros e iracundos no tenía sentido.

–Gracias por todo –dijo Laita–. Ha valido la pena.

–No os pongáis trágicos –intervino Notorius–. ¡Saldremos de esta!

Carso suspiró. Había llegado el momento de iniciar la retirada.

–¿Preparados? –preguntó a los biorrobots que los protegían apuntando con las armas al enemigo–. ¡Qué empiece el baile!

–¡Ahora! –gritó Sardero.

Las tres armas de los seres sintéticos dispararon contra los cuerpos que los rodeaban. Las explosiones aterrorizaron a la masa de lanzas y guerreros. Durante un momento, reinó el desconcierto y el pavor entre ellos.

–¡Corred! –bramó Sardero abriéndose paso entre los guerreros caídos.

Nartis y Lacemis cubrían la retaguardia y los flancos, sin perder de vista el rayo paralizante que portaba el jefe. Este elevó los brazos al cielo y aulló con todas sus fuerzas. Fue la señal de ataque para los suyos.

Laita, la nativa y los muchachos, cargados con Alomes, corrían tras Sardero sin pensar en nada más que poner tierra de por medio. Las lanzas comenzaron a volar hacia los fugitivos. Los acompañantes se esforzaban en disparar contra las que se acercaban demasiado, e incluso interponer su cuerpo en la trayectoria. Disparaban sin descanso en todas direcciones. Los caídos aumentaban a pesar de que no era fácil acertar sin apuntar.

–¡No os detengáis! –vociferó Sardero.

El biorrobot corría apartando a los salvajes para crear un corredor para la fuga. Lo que todos temían sucedió: el arma del agente se descargó. No le quedó más opción que arrojarse cuerpo a cuerpo contra el enemigo.

Carso contemplaba la brava pelea que llevaba a cabo contra un salvaje. Le arrebató la lanza y con ella arremetió contra otros dos. Él hubiese debido intervenir. Le hervía la sangre pensando en que Sardero iba a sacrificar su vida por ellos. No obstante, no podía dejar a Alomes: era un humano; Sardero, una máquina.

–¡Estamos perdidos! –exclamó.

Un tumulto de manos se precipitó sobre las mujeres para arrancar a la nativa del grupo. Lacemis se abalanzó sobre el enemigo con intención de rechazar el ataque.

–¡Ten cuidado, por favor! –gritó Notorius.

Para él la vida de su acompañante era más importante que la de una joven desconocida por muy humana que fuera.

–¡Ayudadme! –suplicó Laita.

Dos indígenas se habían apoderado de ella y la arrastraban lejos de sus amigos. Carso no se lo pensó un instante.

–¡Suerte! –le dijo a Notorius.

Abandonó el cuerpo de Alomes, que se precipitó contra el suelo para salir en defensa de la muchacha. Posiblemente, era lo último que iba a hacer por ella y por cualquier otra persona en esta vida.

–¡No tenemos más cargas!–gritó Nartis.

Carso ya nada podía decirle. Armado con una de las lanzas de los caídos intentaba competir con la habilidad de los salvajes.

Laita pataleaba y gritaba. La joven nativa consiguió zafarse de sus compatriotas y correr hacia su compañera. Con uñas y dientes, logró apartar a varios hombres. Carso, mientras tanto, luchaba a brazo partido con la multitud que lo rodeaba.

Ya no podían contar con la ayuda de las armas de Proteo. Solo disponían de brazos, de piernas y de alguna lanza con la que se topaban. Ahora la lucha era cuerpo a cuerpo. Todos tenían que pelear para salvar la vida.

Pero era cuestión de tiempo que la contienda finalizase. Los visitantes sabían que saldrían perdiendo. Su aventura llegaba a su fin.

Unos lejanos disparos les devolvieron momentáneamente la esperanza.

–¡Refuerzos! ¡Estamos salvados! –gritó Sardero.

Su alborozo fue tal que de un solo golpe se sacó de encima a los dos salvajes que lo golpeaban con los puños.

–¡Estamos aquí! –gritó corriendo hacia los recién llegados–. ¡Ayuda!

Carso no se podía creer lo que estaba viendo: Arginal, con su enorme moño naranja y la vestimenta negra que la caracterizaba, el estremecedor Porton y cuatro hombres más irrumpían en el poblado disparando rayos paralizantes por doquier.

Los cuerpos de los salvajes caían desmayados sin remedio. Pronto consiguieron abrirse paso hasta ellos. Porton tomó a las dos jóvenes de la cintura, como si no pesasen más que dos gotas de agua.

Ninguno de los belicosos aldeanos osó, ni siquiera, interponerse en su camino.

La intervención fue providencial. Los hombres de Arginal habían abierto un corredor entre los salvajes por el que Carso y los demás podían huir. Y así lo hicieron. Notorius se sacó como pudo al hombre que tenía encima.

–¡Vamos, Lacemis! –gritó.

Este tomó el cuerpo de Alomes todavía desmayado y, obedeciendo a su huésped, se precipitó tras él. Nartis hizo lo propio. La incursión retrocedía. Los hombres de Arginal, rodilla en el suelo, abrían fuego para detener a los perseguidores y cubrir la retirada.

Porton depositó a las jóvenes en el suelo pasado el peligro. Su misión era regresar y encargarse de que todos los humanos de Proteo saliesen con vida del poblado. Carso y Notorius no tardaron en alcanzarlas.

–Seguid corriendo –les dijo el joven–. Se les pueden terminar los cargadores en cualquier momento y no podrán contenerlos. ¡Son demasiados!

La joven nativa se puso a la cabeza de la fuga. Ellos la seguían sin otra idea en mente que alejarse de la aldea. Notorius volvió el rostro para verificar que Lacemis corría a lo lejos. Así era, pero también pudo advertir cómo Arginal, Porton y los otros hombres los seguían.

–¿Ves a los salvajes? –le preguntó Carso sin detenerse.

–No, todavía no. Pero veo a Arginal y a los suyos. ¿Estamos huyendo de ellos otra vez?

Carso no sabía qué responder. Le había sorprendido tanto como a su amigo la intervención de Arginal en su favor. No imaginaba sus intenciones. Quizá los quisiese con vida para poder acabar con ellos con sus propias manos.

–¡Corre! –fue la única contestación que se le ocurrió.

No era necesaria. Notorius no tenía ninguna intención de entregarse a Arginal. Jamás, jamás volvería a Proteo aunque tuviese que convivir el resto de su vida con las bestias del poblado. No olvidaba que ellos sabían algo de su hermana. No descansaría hasta descubrirlo.

XXIX

Correr para salvar la vida. En eso pensaba Carso, nada más que en eso. Se esforzaba en concentrar la fuerza en las piernas para que apretaran el paso. Los enigmas del biorrobot Sardero, del holograma de Erotea, del arma paralizante del jefe de la tribu no tendrían importancia si no conseguían librarse de la muerte.

La joven nativa conocía, sin duda, el camino pues varias veces cambió de dirección rápidamente. Lacemis, cargado con Alomes, y los demás todavía no los habían alcanzado pero no habían dejado de correr para alejarse cuanto antes de las hordas furibundas de los tocs.

La muchacha se precipitó hacia la montaña. Carso no tardó en reconocer la zona. Allí la habían encontrado por primera vez. Justo en el lugar donde habían enclavado el campamento. La joven escaló con increíble habilidad la roca. Laita se percató de que había grabada una tosca escale-

ra en la montaña. Ni siquiera se preguntó hacia dónde se dirigían. Sabía que la muchacha intentaba protegerse de las bestias y que los llevaría a un lugar seguro. El cansancio parecía hacer mella en todos menos en la muchachita de largos cabellos oscuros.

No tardó en encaramarse a un alto saliente de la montaña. Desde allí les gritó en su extraño idioma para que se apresuraran. Desde luego, parecía dudar de que la escaramuza de la aldea consiguiese contener a sus congéneres durante un tiempo. Tendió una mano a Laita para ayudarla a subir.

–¿Dónde estamos? –preguntó la mujer al advertir que la muchacha daba por rematada la huida.

La joven le indicó un estrecho camino entre la montaña. Laita tuvo la precaución de aguardar a Carso y a Notorius antes de internarse por él.

–¿Adónde nos ha traído? –preguntó Carso cuando alcanzó el saliente.

–No tengo ni idea –dijo la mujer.

Notorius, tan pronto se encontró en la repisa de la montaña, se volvió para localizar a Lacemis en el valle. No se hallaba demasiado lejos. Corría cargando a hombros el cuerpo inerte de Alomes. Sardero y Nartis corrían con él; no a mucha distancia, Arginal y los suyos. El impresionante biorrobot sin rasgos de la jefa de seguridad de Proteo cerraba la marcha.

–Hemos fracasado –dijo Notorius–. Después de todo, nos han descubierto y vienen hacia aquí. No podremos escondernos.

–Podríamos luchar contra ellos –sugirió Laita no muy segura de lo acertado de su propuesta.

–¿Contra la fiera Arginal, cuatro hombres armados y el salvaje Porton que vale por un ciento? Es como comprar todos los boletos para una muerte segura –dijo el muchacho.

Laita tenía ganas de llorar. ¡Qué poco les había durado la alegría al verse libres de los salvajes! Su propio pueblo no era mucho más amistoso que ellos.

–No quiero regresar –murmuró exhausta por la escalada.

Carso le rodeó los hombros con el brazo. La panorámica que se apreciaba desde aquella altura era fascinante. Un mundo repleto de bosques tupidos, de árboles centenarios, de aves, de ríos, de vida por todas partes. El aire era agradable y dulce. Resultaba delicioso respirar aquel brebaje mágico. Aun así, Carso necesitaba volver. No compartía la decepción de Laita y Notorius al advertir la presencia de Arginal muy cerca de la montaña. Lo único que temía es que esta quisiese deshacerse de ellos. Resultaba hasta duro pronunciarlo; un jefe de seguridad jamás habría matado a un ciudadano de Proteo. Durante la guerra en el poblado había percibido con claridad que la violencia, aunque contenida, seguía viviendo aletargada en alguna parte del ser humano. Quizá la de Arginal no se hallase oculta sino a flor de piel. Eso era lo terrible. Lo positivo era que gracias a su nave podría regresar a la ciudad de las cúpulas.

La muchacha nativa comenzó a hablarles en su extraña lengua. Ninguno de ellos podía comprenderla. Por el nerviosismo de sus gestos averiguaron que debían acompañarla urgentemente.

–No puedo moverme. Lo siento– le dijo Laita dejándose caer sobre una roca–. ¡Estoy agotada! ¡No puedo dar ni un paso más!

La joven se desgañitaba intentando animar a su amiga a ponerse en pie.

–¡Lo lamento! Si dispusiese de fuerzas, no creas que me quedaría aquí sentada. Echaría a correr para alejarme para siempre de la maldita Arginal y los suyos. ¡No puede ser! Se me han agotado la energía y la esperanza. Me duelen todos los músculos; aún no he dejado de jadear y tengo unas ganas locas de tirarme al suelo y llorar por mi fracaso.

–¡Vamos, Laita! –intentó animarla Notorius–. Tampoco nos ha ido tan mal hasta el momento. Hemos llevado a cabo una verdadera hazaña. ¿No te das cuenta? No hace tanto estábamos sumergidos en las mismísimas profundidades del océano Atlántico. Ahora estamos disfrutando del cielo azul y de los rayos de sol. Hemos corrido sobre la hierba, hemos contemplado hermosos animales, nos hemos perdido en un bosque... ¿Qué ciudadano de Proteo puede ni siquiera soñar con algo así?

–No tardaremos en poder hacerles esa pregunta en directo –dijo Laita rindiéndose ante la próxima aparición de Arginal.

Los biorrobots trepaban ya por la montaña. La jefa de seguridad de la ciudad de las cúpulas no tardaría en alcanzarlos.

–Después de todo nos ha salvado –seguía Notorius procurando elevar el ánimo de la muchacha–. Quizá no sea tan malvada como pensamos. Cumple órdenes. Nos detendrá y nos conducirá de nuevo a Proteo, pero eso no impedirá que volvamos a escaparnos. Y esta vez lo organizaremos mucho mejor. Sabemos a lo que nos enfrentamos. Tendríamos que pensar en la posibilidad de alcanzar otro continente.

La imaginación de Notorius volaba sin que la figura de Arginal, que se aproximaba ya a la montaña, fuese capaz de desbaratar sus ilusiones. Carso se frotó las manos nervioso. Esperaba que, a la llegada de la jefa de seguridad, se cumpliesen las predicciones de su camarada. Él no podía evitar pensar en que sus vidas corrían peligro. ¿Qué le impediría a Arginal dispararles y arrojar los cuerpos montaña abajo?

–No deberíamos permanecer aquí –dijo poseído por la angustia–. Será mejor que atendamos las peticiones de la chica. No nos puede hacer mal caminar un poco más.

Notorius y Carso levantaron a Laita, que todavía se resistía a continuar la huida. La joven nativa sonrió aliviada. Tomó de la mano a su nueva amiga, empujándola a través del estrechísimo corredor que se abría entre las montañas. Los jóvenes las siguieron. Tras unos metros se toparon con que las rocas cegaban el camino.

–¡Fin de la excursión! –anunció Notorius–. No nos ha llevado demasiado lejos.

La joven nativa les indicó mediante gestos que se inclinasen.

Ellos obedecieron sin saber muy bien a qué respondía la extraña postura que estaban adoptando.

La chica toc se volvió hacia la montaña y caminó en dirección a la roca. Ante los atónitos ojos de los proteicos, que la observaban boquiabiertos, desapareció sin dejar rastro.

–¿Habéis visto? –gritó Laita volviéndose a sus amigos.

–¡Magia! –exclamó Notorius.

Sorprendido, Carso se abrió paso entre los jóvenes hasta llegar al lugar en que la toc se había esfumado.

–Hay un pasadizo –explicó aliviado.

Carso encogió el tronco y se introdujo en la estrecha ranura que se hallaba horadada en la piedra. Laita y Notorius siguieron sus pasos.

Durante unos segundos la oscuridad los cegó. Carso se dejó guiar por las desconocidas palabras que la joven nativa gritaba desde el interior de la caverna. Sus manos palpaban la pared y advirtió que el pasadizo era cada vez más amplio.

–¿Dónde demonios estamos? –preguntó Notorius.

El eco fue la única respuesta que obtuvo. De repente, una mano se aferró a la de Carso. Este sufrió un terrible sobresalto antes de percatarse de que era la joven toc.

–¿Estáis todos bien? –preguntó el joven, preocupado por la oscuridad en la que se habían sumergido.

–No veo nada –dijo Laita–. ¿Estáis seguros de que no nos vamos a despeñar?

Carso intentó hacer callar a la joven toc. Sus gritos creaban tal eco que impedía que se concentrara.

–¡Estamos en una cueva! –dijo tras reconocer por el tacto las paredes de roca.

Sus dedos tropezaron con un pequeño saliente, el cual apretó sin pensar. Súbitamente un grito brotó de su garganta.

–¡Luz! –exclamó Laita.

Carso resopló aliviado. Había pulsado un interruptor.

–¡Increíble! –murmuró atónito Notorius.

Los jóvenes contemplaban estupefactos la inmensa caverna en la que se hallaban. La muchacha toc sonreía, encantada ante el efecto que había causado el descubrimiento en sus amigos.

–¡Es un laboratorio! –advirtió inmediatamente Laita.

–¡No es posible! –dijo Carso sin dar todavía crédito a lo que veían sus ojos.

Las paredes de la caverna estaban repletas de ordenadores y de instrumental de alta tecnología. El colosal foco que colgaba del techo esparcía una luz potente, que iluminaba hasta el último rincón de la sala de piedra.

–¡Está todo en un estado impecable! –dijo Notorius acercándose a los aparatos.

–¿Qué puede significar todo esto? –se preguntaba perpleja la joven.

Carso se dispuso a revisar el instrumental y los ordenadores. No era científico, pero pensó que podía descubrir el modo de poner en marcha alguno de aquellos artilugios.

–¿Tienes alguna idea? –le preguntó a Laita.

La joven era, al fin y al cabo, la única que tenía cierta formación científica por su empleo en el invernadero Lasal.

–Este instrumental no parece proteico. No me suena en absoluto. Los ordenadores no funcionan del mismo modo que los nuestros.

La joven pulsó una tecla esperando poder poner uno en marcha. No ocurrió nada.

–¡Es extraño! –exclamó sorprendida–. Hay energía; deberían funcionar.

–¿Habéis visto estos tubos de ensayo? –preguntó Notorius–. ¿Qué contendrán?

–Es el poblado de los hombres de las estrellas.

Carso se volvió atónito. Aquella voz, que hasta el momento se había presentado ininteligible, era la de la joven toc. Ahora la comprendía perfectamente.

–¡Tiene un traductor! –les dijo a sus amigos.

La joven nativa entregó a Notorius y a Laita unos dispositivos como el que Carso todavía portaba en el oído. De este modo, pudieron escuchar y comprender las palabras de la toc.

–¿Quiénes son los hombres de las estrellas? –le preguntó Laita.

La chica señaló el techo.

–Viven allá arriba.

–¿Encima de la montaña? –la interrogó.

–No. Al lado del sol. Son los hombres de las estrellas y de la luna.

Los jóvenes se miraron sorprendidos sin comprender ni una sola palabra.

–¡Arginal está a punto de alcanzarnos! ¡Este lugar no nos servirá de escondrijo!

La caverna acababa de recibir una nueva visita. Nartis y los demás seres sintéticos habían irrumpido en el laboratorio cargados con Alomes, que ahora comenzaba a volver en sí.

–He hecho cuanto he podido. No saben nada. ¡Piedad! –gimoteaba en sueños.

Lacemis lo depositó en el suelo sin ningún cuidado. El biorrobot contemplaba el lugar en el que se hallaba completamente estupefacto. Notorius se lanzó sobre él para abrazarlo.

–¡Ya tardabas en llegar!

Lacemis ni siquiera contestó. Sus ojos recorrían el laboratorio como hipnotizados. Nartis repitió sus advertencias a Carso.

–Creo que ha llegado el momento de dejar de huir. Todos estamos muy cansados. No podríamos soportar otra carrera más. Aguardaremos aquí a Arginal –le dijo el jefe de la expedición.

Nartis contemplaba atónito a su huésped.

–Puede que sus intenciones sean...

Carso lo interrumpió. No quería que los demás conociesen su temor a no salir con vida de la caverna.

–No permitiré que suceda nada –murmuró Carso, no muy seguro de las posibilidades que tenía de impedir una masacre.

Sardero permanecía en silencio contemplando con detenimiento el laboratorio. Carso se encaró con él.

–No eres humano –le dijo–. ¿Por qué nos has ocultado que eras un ser sintético?

–No has creído ni por un momento que pueda ser un agente de nocturnos y eso es exactamente lo que soy. Si te hubiese revelado mi naturaleza, te hubieses vuelto contra mí. Tu padre me creó para desempeñar las funciones de un agente de nocturnos. Cuando supo que pensabas embarcarte en una aventura tan peligrosa, me asignó a tu protección.

–¡No es posible! –protestó Nartis.

–¡Lo siento, Nartis! Sí hay biorrobots superiores a la generación 23 y a la clase T.

–¡No puede ser! No detecto ningún componente sintético en él.

Sardero sonrió.

–Mi diseño es altamente sofisticado.

A Carso no le importaba, en absoluto, las cualidades técnicas de Sardero. Solo se hallaba un tanto molesto por el engaño.

–Él es el infiltrado de Arginal –dijo Sardero–. Alomes es el traidor.

–¡Maldito seas! –exclamó Alomes intentando incorporarse.

Todavía estaba demasiado afectado por el rayo paralizante, pero su cerebro empezaba a despertar.

–¿Cuáles eran tus órdenes? –le espetó Carso volviéndose contra él.

–Deberíamos vigilar la entrada –dijo Nartis–. Arginal no tardará en irrumpir en la caverna. Podríamos dejar las preguntas para después.

–¡Es tarde, amigo mío!

La voz de Arginal retumbó contra las paredes del laboratorio. Notorius y Laita abandonaron la inspección del instrumental y se volvieron aterrados hacia la recién llegada.

–¡Un placer encontraros a todos reunidos! –dijo apuntándoles con un arma.

Sus cuatro hombres la imitaron. Porton permanecía inmóvil a su derecha.

–Siento anunciaros el fin de la expedición. Tengo que reconocer que ha llegado a ser divertido, pero esto es el final.

–¿Qué pretendes? –le gritó Carso aproximándose a ella.

–¡No des un paso más o te liquido ahora mismo!

–¿Qué más da? –le replicó el joven–. Tu intención es matarnos de todas formas. ¿No es cierto?

La mujer sonrió. Una expresión macabra se apoderó de su estremecedor rostro.

–Aún no. Primero necesito el informe de ese inútil –dijo señalando a Alomes.

El hombre comenzó a gimotear al borde de la histeria.

–¡Por favor, piedad! ¡Piedad! He hecho cuanto he podido. Notorius no sabe nada. Nadie sabe nada.

–¿Qué tengo que ver yo contigo, miserable? ¡Mi hermana te amaba, tú la has traicionado! ¡Te has vendido al enemigo!

La carcajada de Arginal atronó los oídos de todos.

–Se ve que sois mucho más ignorantes de lo que pensaba. Jamás imaginé que fuera tan fácil engañaros. Esa piltrafa humana no es el gran científico Alomes. ¿No os dais cuenta de que no es más que un delincuente de poca monta, que lucha por mantener su miserable cerebro intacto?

Todos los ojos se clavaron en él, intentando analizar sus rasgos.

–¡Es Alomes! –gritó Notorius–. Lo recuerdo perfectamente.

Sin embargo, enseguida calló. Posiblemente, aquellos eran los rasgos físicos del compañero de su hermana, pero tenía que reconocer que su carácter temeroso y nervioso no encajaba con el temple de hielo del verdadero Alomes. Este jamás se habría amilanado en una misión de alto riesgo. Era un hombre valeroso, tanto como su hermana.

–No entiendo de qué va todo esto –murmuró dirigiéndose a Carso.

Él tampoco lo entendía y había decidido que no saldría de aquel laboratorio sin saber a ciencia cierta qué era lo que estaba pasando. No pensaba dejar ni un enigma sin resolver. Sentía que había llegado el momento de levantar las cartas y descubrir qué papel jugaban ellos en aquella farsa.

Posiblemente no estuviera en posición de obligar a nadie a explicarse. Arginal los apuntaba con un arma y ellos no tenían modo de defenderse. Aun así, apelaría al orgullo de la mujer para sacarle la información que necesitaba. Sabía que ella disfrutaría poniéndolo en evidencia, demostrándole que había sido una marioneta en manos del sistema. A Carso no le importaba la humillación que le infringiese; deseaba saber la verdad y la sabría. Sus vidas habían estado en peligro desde el principio de la expedición y habían sabido sortear la muerte. Quizá todavía no estuviese todo perdido.

XXX

–Me has servido bien. Puede que después de todo quiera recompensarte, copia barata de Alomes.

–¡Cirugía plástica! –exclamó de pronto Notorius.

–¡Al fin empiezas a enterarte de algo! –se burló Arginal–. Sabía que un vulgar limpiador de cristales caería fácilmente en la trampa.

–¡Eres una...! –gritó Notorius intentando lanzarse contra la mujer.

–¡Quietecito, por favor! –le dijo apuntándole con el arma–. No me gustaría tener que matarte antes de haberme reído un rato a tu cuenta.

–Ni siquiera conoció a Erotea, ¿no es verdad? –preguntó Carso.

La mujer asintió sonriendo satisfecha.

–Un vulgar ladrón de alimentos. Nada más que eso. Lo pillamos un día apoderándose de víveres para revenderlos en los locales de ocio. Ya ves, nada importante. Solo tuvimos que amenazarlo con reprogramarlo para que accediera a someterse a la operación de estética y a hacerse pasar por Alomes. Lo preparamos bien, creamos una historia creíble que explicara la repentina aparición del científico en escena e intentamos infiltrarlo en los nocturnos para enterarnos de cuanto sabían ellos sobre este enredo. Lo intentó pero lo rechazaron.

El hombre permanecía en silencio sentado en el suelo, con la cabeza baja.

–Quería seguir siendo yo –musitó como disculpa.

–Estuviste muy bien, amigo mío. Las señales que nos dejaste por el camino no eran demasiado ingeniosas pero sirvieron para seguiros. Y al final, tras algún que otro tropiezo sin importancia, nos has traído hasta aquí: ¡el laboratorio de Erotea!

–¡No puede ser! ¡Mi hermana vive! ¿Dónde? ¿Cómo es posible?

Notorius no acertaba a comprender de qué estaban hablando.

–Creo que ya está bien de actuaciones –le recriminó Arginal–. Sabíamos que la encontraríamos si te vigilábamos estrechamente. No intentes ahora engañarnos. Es tarde. Hemos conseguido nuestro objetivo –dijo señalando el laboratorio.

Notorius se volvió a sus compañeros de expedición, intentaba que alguien le aclarase lo que Arginal decía. Él se hallaba completamente desconcertado. Sus amigos también estaban confundidos, por lo que no podían ayudarlo.

–No saben nada –dijo al fin Alomes–. Eso es lo que te intentaba decir. Notorius piensa que su hermana está muerta. Por eso no abandoné el grupo, y mira que me moría de ganas de volver a Proteo. Esta tierra es espantosa, llena de insectos y de vida salvaje. Ansiaba regresar a mi hogar, pero sabía que no me creerías si te contaba que ninguno conoce el paradero de Erotea. La creen muerta.

Ahora era Arginal la perpleja.

–¡No es posible! ¿Acaso no estamos en su laboratorio?

–La joven toc nos ha traído hasta aquí, Arginal –intervino Carso–. Como puedes ver, esta tecnología no es de Proteo. O mucho me equivoco o es muy superior. No creo que consigas hacer funcionar ninguno de estos artefactos.

–¡Os mataré a todos como no os dejéis de estupideces! –les gritó agitando el arma–. Puedo admitir que no conocieseis las actividades de Erotea al principio. Solo erais unos muchachos; lo mismo que yo. Sin embargo, estoy segura de que fue tu padre el que te informó. ¡Confiésalo! –le bramó a Carso.

–No sé de qué me estás hablando –contestó el joven.

Arginal ardía de furia. Se percataba de que Carso no fingía. ¿Acaso habían cometido un terrible error desde el principio? No. No era posible.

–Tu padre tuvo que descubrirlo –insistía iracunda–. No tiene sentido que lo niegues. ¡Estáis perdidos! ¡Todos! Os mataré uno a uno. No permitiré que regreséis a Proteo para anunciar que la vida es posible fuera de allí. Vuestro secreto morirá con vosotros. La ciudad de las cúpulas permanecerá inmutable siglos y siglos. No necesitamos que desestabilicéis la perfección, dando a conocer vuestra experiencia. ¡Jamás! Después de esta excursión, Erotea y vosotros mismos desapareceréis para siempre.

–También tendréis que matar a mi padre. Tú misma has dicho que sabe lo de Erotea. Y a todos los nocturnos.

–Sabemos quiénes son; los vigilamos estrechamente. Cuando averigüemos el paradero de Erotea, yo misma los borraré del mapa.

–¿Es verdad que mi hermana vive? ¡Erotea vive! –murmuró Notorius dejándose caer sobre un asiento–. Todos pensamos que había muerto en una explosión. Investigaban sobre la posibilidad de sumergirse a profundidades inusitadas para un ser humano. No lo consiguieron.

Los ojos de Notorius se llenaron de lágrimas.

–Eso intentaron hacernos creer –dijo Arginal–. Y nos engañaron durante muchísimos años. Cuando se retomó el proyecto de construcción bajo el nivel de Proteo, descubrimos que sus investigaciones no versaban sobre las profundidades del océano. Los informes que se encontraron en la biblioteca de Nexus no eran un sinfín de datos sin sentido. No. No habían intentado sumergirse. Deseaban emerger. Jamás existió tal explosión. Todo fue un montaje. Si nosotros lo sabíamos, tu padre también debió descubrirlo cuando se solicitó su colaboración para la nueva obra –le dijo a Carso–. Por eso os animó a preparar la expedición. Por eso y porque creía conocer el paradero de Erotea. Cuando supimos que intentabas organizar un viaje al exterior, decidimos que era mejor empujaros a que fuerais vosotros mismos los que lo emprendierais. De este modo,

os dirigiríais a Erotea sin ningún temor y más abiertamente que si estuvieseis rodeados por una cohorte de científicos metomentodos. Alomes casualmente os interceptaría en Lasal, conseguiría sumarse a la huida y nos comunicaría el paradero de la mujer llegado el momento. Por eso os proporcionamos una nave. Por eso os permitimos huir. Deseábamos tanto como vosotros que lo consiguieseis.

–¡Nos atacasteis muchas veces! –gritó Carso.

Arginal se rió en su cara.

–¿Crees que si hubiésemos querido mataros aún estaríais con vida? Solo queríamos que nos trajeseis hasta aquí. Ya lo hemos conseguido. No me importa si lo sabías o no. Este laboratorio tiene que ser el de Erotea. Ella y el resto de los fugitivos deben estar muy cerca. Ellos son una amenaza para la estabilidad de Proteo. Se han mantenido al margen, pero en cualquier momento pueden cambiar de opinión y anunciar que esperan con los brazos abiertos la llegada de colonos. O quizá aún sea peor. Pueden intentar atacarnos; disponen de suficiente tecnología. Los buscaremos. ¡Los aniquilaremos! Vosotros ya no nos servís para nada. Habéis sido útiles pero ha llegado el momento de terminar.

–¡Exactamente! –exclamó Sardero–. Ya sabemos todo lo que necesitábamos saber. Porton, desármala.

Ante la atónita mirada de los presentes, el inmenso y estremecedor ingenio robótico sin rostro, Porton, abandonó su estado de total pasividad y obedeció la voz de Sardero. Se abalanzó sobre Arginal y le quitó con un solo movimiento el arma.

–¿Has perdido el juicio? –gritó la mujer indignada–. ¡Disparadle! –les ordenó a sus hombres.

Lo intentaron, pero sus balas rebotaron en el armazón metálico que recubría el cuerpo de la bestia sintética sin producirle un solo rasguño. Porton se dispuso a arrebatarles también las armas.

–Porton es uno de los nuestros –explicó Sardero a Carso–. Tu padre lo modificó en su momento para que tuviésemos apoyo entre los hombres de Arginal. Ahora que ya conocemos toda la historia no es necesario seguir fingiendo.

Carso y Laita permanecían completamente desconcertados ante las sorpresas continuas que aquella extraña reunión les estaba deparando. Notorius no atendía al misterio que los había rodeado hasta el momento. La pena por Erotea le ahogaba el corazón. Arginal decía que ella seguía con vida. Él no podía creerlo. Si aquél era su laboratorio, tal como creía la jefa de seguridad de Proteo, ¿dónde estaba su hermana? El joven no podía dejar de pensar en que la malvada mujer estaba equivocada. Aquellos aparatos habían permanecido apagados durante muchos años. Era evidente que Erotea no había estado allí desde hacía mucho tiempo.

–Es verdad, eres un agente de los nocturnos –dijo Carso.

Sardero sonrió.

–Tu padre no hubiese permitido que partieras sin apoyo. Sabía que, si alguien podía lograr la proeza de huir de la seguridad de Proteo y emerger a la superficie, ese eras tú. Obviamente necesitabas ayuda, sobre todo porque se percató de que Arginal y los hombres del zenit te estaban obli-

gando a partir por tu cuenta. La nave de carga anclada en el ala 29 era demasiada casualidad. Debo reconocer, ahora que ya no tiene importancia, que jamás intuimos que la hermana de Notorius tuviese algo que ver con la expedición. Es verdad que requirieron la ayuda de tu padre para trabajar en la profundización. Él no investigó suficientemente el anterior proyecto para llegar a la conclusión de que no era más que una fachada.

–¡No es posible! –gritó furibunda Arginal.

–Lo es –le respondió Sardero–. Gracias por habernos contado la verdad.

Laita se olvidó momentáneamente de Arginal y de sus intrigas, preocupada por Notorius.

–Ánimo. Según parece, tu hermana está viva y en la superficie. Nos quedaremos y la encontraremos. Te lo prometo.

La joven acarició el rostro de su amigo. Buscó con la mirada a Lacemis sorprendida de que no se hallase al lado del huésped consolándolo.

–¡Fijaos!

Todos se volvieron al grito de Laita. Lacemis permanecía sentado ante uno de los ordenadores. Sorprendentemente había conseguido encenderlo. Sardero ordenó a Nartis y Porton que vigilasen a los prisioneros. Todos intuían que estaban a punto de presenciar un prodigio. No deseaban que Arginal pudiese huir aprovechando el desconcierto general.

La pantalla del ordenador solicitaba intermitentemente la introducción de la clave de acceso. Notorius se sacudió la pena de encima y corrió a reunirse con su amigo sintético.

–¿Sabes la clave de acceso, Lacemis?

El acompañante no contestó. Permanecía completamente inmóvil con la mirada vacía clavada en la pantalla. Notorius hizo girar la silla para contemplar el rostro de Lacemis. Parecía hallarse totalmente desconectado.

–¿Te encuentras mal? ¿Qué te ocurre amigo mío? ¡No reacciona! –bramó angustiado volviéndose a Carso.

–Nartis, ¿qué le sucede? –preguntó este.

El biorrobot no supo qué contestar. Ni siquiera Sardero, como poseedor de una tecnología superior, pudo aclararles la naturaleza del bloqueo de Lacemis. Notorius lo abrazó afligido.

–Lo siento, lo siento muchísimo. Temía que la permanencia en el exterior pudiese dañarte. Pensé que había pasado el peligro. ¡Todo esto es culpa mía!

Lacemis pareció, entonces, reaccionar. Su cuerpo se convulsionó ligeramente. Su boca se abrió con una extraña mueca. La cuenca de los ojos se vació. Ante la atónita mirada de los presentes, brotó una luz cegadora a través de ellos y se proyectó en el centro del laboratorio. Un holograma tan vívido que parecía real irrumpió en la reunión.

–¡Erotea! –gritó Notorius.

La imagen sonrió. La voz suave y cálida de Erotea, que habían escuchado en el poblado toc, volvía a recrearse ante ellos.

–¡Hola, Lacemis! Gracias por tus servicios. Supongo que mi buen amado hermano Notorius está a tu lado. Por ello te entregué a él, para que no lo abandonases ni de día ni de noche, y lo protegieses de la maldad que en estos días reina en Proteo. Hermano mío, me alegro de que al fin haya llegado el momento de que Lacemis sienta la necesidad de entregarte mi mensaje. Estoy a punto de emprender un viaje maravilloso. Emergeremos fuera de las fronteras marítimas. Saldremos de nuevo a la luz del sol, que es el lugar donde todo ser humano debe vivir. Al menos queremos que los proteicos puedan elegir su futuro y su forma de vida. Si conseguimos nuestro objetivo, te dejaré un mensaje en el exterior para que podamos encontrarnos; Lacemis te proporcionará el código necesario para escucharlo. Estoy segura de que no tardarás mucho en desear huir. Aún eres niño, pero ya puedo observar en ti la fuerza de la libertad; esa que nos diferencia de los demás miembros de la ciudad de las cúpulas. Cuando desees emprender el viaje, yo te estaré esperando. En años venideros podremos abrazarnos. Sé fuerte y no dejes de luchar.

El holograma perdió nitidez. Los ojos de Lacemis volvieron a ocupar su lugar en las cuencas. Notorius permanecía estupefacto contemplando el lugar donde hacía un instante su hermana le había hablado. El biorrobot fue recuperándose lentamente del momento de trance.

–¿Cómo te encuentras? –se interesó Carso.

El acompañante sonrió volviéndose hacia Notorius.

–No sabía que portaba este mensaje. Acabo de recordarlo. Erotea me lo introdujo antes de entregarme a ti. Ahora puedo evocarlo sin dificultades.

–¿Y el código? –le preguntó Notorius.

Lacemis giró de nuevo la silla hacia la pantalla. No se demoró ni un instante. Sus dedos volaron sobre el teclado e introdujo el código que insistentemente se le solicitaba.

La pantalla parpadeó. Todos los ojos estaban clavados en ella. Incluso la joven toc, que no había comprendido casi nada de lo tratado hasta el momento, contenía la respiración. La imagen de Erotea apareció esta vez en la pantalla.

–Has llegado hasta aquí, hermano mío, pero no a tiempo. No puedo esperarte más. La vida a Alomes y a mí se nos hace muy dura alejados de nuestros compañeros. El viaje al exterior no presenta ningún problema técnico, como tú habrás descubierto ya. Nuestra expedición traía mucho material de trabajo, que dispusimos en este laboratorio en el interior de la montaña. Pronto nos descubrieron los tocs. No dispongo de tiempo para explicarte lo difícil de nuestra relación. Sin embargo, gracias a un traductor y a otros aparatos de alta tecnología nos percatamos de que existía una civilización más avanzada que la nuestra. Los hombres de las estrellas, como ellos los llaman. Hace unos años que hemos entrado en contacto con ellos. Hemos adoptado muchos de sus instrumentos y muchas de sus costumbres. El grupo entero se ha decidido, al fin, a abandonar esta tierra. Yo también deseo explorar las estrellas. Tú entenderás lo que significa para un proteico, siempre sumergido y atrapado por las cúpulas, viajar por el espacio. He aguardado tu llegada lo que he podido. Se me acaba el tiempo. Debo partir. Espero que, cuando recibas este mensaje, aún se halle en funcionamiento mi regalo. No sé si superará a Lacemis, pero lo he preparado para ti. Espero que muy pronto podamos abrazarnos. Te quiero pequeño Notorius.

Lacemis manipuló el teclado tal como se le indicaba en la pantalla. Nadie podía ni siquiera imaginar lo que les aguardaba.

Una de las paredes de piedra del laboratorio se deslizó, como si no fuese más que un tabique falso, y dejó a la vista un espacio inmenso en el que la luz del sol penetraba a raudales.

–¡Una nave! –exclamó Notorius–. Mi nave.

Nartis tuvo que afanarse por contener a los prisioneros. Arginal se hubiese lanzado hacia el prodigioso artefacto si Porton no la hubiese inmovilizado con sus potentes brazos.

Notorius corrió hacia la nave. La rodeó contemplándola perplejo.

–¡Es una maravilla! ¿Os dais cuenta? Es una nave espacial. Es una nave de los hombres de las estrellas.

Laita corrió a su lado exultante de felicidad. No se habían equivocado. Existían otras civilizaciones avanzadas lejos de Proteo. Quizá en ellas la vida fuese como la imaginaba: feliz y libre.

–¡Es maravilloso! –gritaba observando el colosal túnel que terminaba en el exterior de la montaña.

–¿Funcionará aún la nave? –le preguntó Carso a Sardero.

–¡Estoy seguro de ello! Aunque tardáramos siglos y siglos en llegar, la nave estaría esperando para zarpar. Es de una tecnología realmente sorprendente.

–¿Te das cuenta, Laita? ¡Nos vamos a recorrer las estrellas!

El joven se detuvo un instante antes de preguntar.

–Porque vendrás, ¿verdad?

Laita soltó una carcajada llevada por la emoción. Por supuesto que embarcaría.

–Es un sueño –murmuró.

La joven se volvió hacia Carso. La media sonrisa que lucía en su rostro la apenó profundamente.

Había soñado con una vida muy distinta a la de Proteo, en la que no tuviese que solicitar autorización para amar ni para fundar una familia, en la que fuese libre para decidir por ella misma dónde y cómo quería vivir. Sin embargo, allí adonde fuera, aunque consiguiese su sueño, siempre le faltaría algo: Carso.

–¿De verdad os marcharéis?

La respuesta era obvia. Laita y Notorius habían nacido viajeros; habían tardado en poner en práctica su vocación y ahora que lo habían conseguido no les iba a resultar fácil echar raíces. Las fronteras les dolían lo mismo que la falta de libertad. Estaban seguros de que siempre estarían en continuo trayecto, abriendo camino a todos los que quisieran seguirlos.

–Yo debo regresar –murmuró Carso muy serio, a modo de disculpa.

No podía extraerse a sus obligaciones. Proteo necesitaba la verdad. Él conduciría a Arginal a la sala Azul y allí hablarían para todo el pueblo. A partir de entonces, los habitantes de la ciudad de las cúpulas podrían decidir por sí mismos. Ya no era necesario permanecer ocultos bajo las aguas. Ya no era preciso un control de número de familias.

Había espacio suficiente en la tierra para todos, incluso más allá de las estrellas podrían desarrollar sus vidas.

–Debo volver –repitió.

Laita se abalanzó sobre el joven. Lloró entre sus brazos desahogando la tristeza y la alegría.

–Siempre puedes cambiar de opinión. Intentaré no perder el contacto. Quizá sea posible que algún día, cuando Proteo sea libre, te decidas a partir hacia las estrellas –le susurró.

Notorius también quiso despedirse de su camarada. Lo abrazó y lo besó con energía.

–¿Estarás bien con esa bruja? –preguntó señalando a Arginal, quien permanecía en silencio aplastada por el fracaso.

–No te preocupes por mí. Estoy rodeado por un ejército de seres sintéticos. ¡Máxima protección!

–Muy bien, tú llévate a tus biorrobots; yo me voy con mi «amigo» Lacemis.

Carso sonrió.

–¿Entiendes por qué debo volver?

Notorius no lo comprendía demasiado. Él pensaba que cada uno debía abrirse camino y no esperar a que los demás lo hicieran por él. No obstante, prefirió decirle a su camarada que entendía su postura. Para el joven, Carso siempre había sido demasiado responsable. Ese era, a sus ojos, su único defecto.

–Quiero partir inmediatamente –dijo Notorius.

Laita no deseaba alargar más la despedida. Como la anterior, había conseguido desgarrarle el corazón.

–¿Querrás venir con nosotros? –le preguntó a la joven toc aprovechando el traductor que llevaba instalado.

–¿Viajar a las estrellas? Sí. Me gustaría mucho.

Laita sonrió a su nueva amiga. También entre los tocs nacían viajeros.

Lacemis fue el encargado de abrir las puertas de la pequeña nave. En ella viajarían cuatro seres muy distintos, de naturaleza y de origen. Solo los movía la curiosidad y el afán de aventura. Un mundo mejor los estaba aguardando. Si no era lo que esperaban, buscarían otro. Jamás se detendrían. Jamás se contentarían.

Laita saludó a Carso antes de que la puerta de la nave se cerrara. Esperaba que aquel adiós no fuese para siempre.

El pequeño prodigio no tardó en ponerse en funcionamiento. Carso lo contempló con el corazón encogido. En él partían sus mejores amigos. Quizá nunca los volviese a ver. Se quedaba solo y la soledad se transformaba en amargura en el corazón.

Elevó los ojos siguiendo el ascenso lento de la nave. Cada vez se alejaba más del suelo. No tardaría en recorrer el túnel ascendente hasta el cielo abierto.

Agitó la mano sin saber si podían observarlo. No deseaba llorar, pero no era capaz de contener las lágrimas. Cuando la nave salió de la montaña, se detuvo un instante sobre su cabeza.

–¡Adiós! –gritó a pleno pulmón–. ¡Hasta siempre! ¡Jamás os olvidaré!

Como una exhalación, la pequeña cápsula conectó sus motores y desapareció ante sus ojos. Carso permaneció un instante contemplando el punto en el que se había desvanecido. Se preguntó dónde estarían. ¿Se encontrarían bien? ¿Se habrían arrepentido? No parecía muy probable.

–Tenemos que trasladar a los prisioneros –dijo Nartis.

Las palabras del acompañante obligaron a Carso a regresar a la realidad. El joven suspiró profundamente.

–Tienes razón. También nosotros tenemos un largo viaje por delante.

–¡No te saldrás con la tuya! –le espetó Arginal–. Lo negaré todo.

Carso cogió el arma de Nartis y disparó el rayo paralizante contra la mujer.

–Siento haberme dejado llevar por la furia –se disculpó ante los sintéticos–. Necesitaba que alguien le diese un escarmiento. Espero que cuando despierte se encuentre de mejor humor.

Sardero se apresuró a recoger el cuerpo de Arginal y emprender la travesía. Porton y Nartis conducían a los prisioneros hacia la nave. Carso cerraba la marcha pensativo. De vez en cuando volvía los ojos hacia el cielo. Era hermoso, realmente bello, y en algún punto de su inmensidad sus amigos fundarían una nueva civilización. En el fondo los envidiaba.

–Me hubiese gustado acompañarlos –se dijo–. Pero tengo demasiado trabajo.

Intentando apartar esos pensamientos de su mente, siguió a la caravana con destino a la nave de carga. Las profundidades del océano los aguardaban. También su padre. Tendría que explicarle muchas cosas sobre ese misterioso

grupo de los nocturnos. Aun así, suponía que iba a pasar mucho tiempo hasta que dispusiese de un rato libre para charlar sobre aquel magnífico viaje. Obviamente, su aventura no iba a olvidarse fácilmente en Proteo-100-D-22.

En la ciudad de las cúpulas no tardarían en saber que allá arriba, no en la superficie terrestre, sino en el mismísimo cielo, en la inmensidad del espacio, existía un mundo nuevo que les estaba aguardando.

–¡Hasta pronto, Laita! ¡Volveremos a vernos! ¡Estoy seguro!

ÍNDICE

Milagros Oya Martínez

Es escritora de literatura infantil y juvenil, nacida en Vigo (Pontevedra), el 30 de octubre de 1966. Compagina su trabajo como autora con la codirección del Taller de esculturas Jung, en Pontevedra, y el diseño multimedia.

Su primera novela, en lengua gallega, vio la luz en 1995: *Un conto abraiante*. A partir de entonces, alternó el idioma gallego con el castellano, publicando libros para jóvenes y niños. *Viaxe á Terra Negra dos Pancos, Desembarco Blablix, Veredicto: Culpable, El Dado de Fuego, Ochir, A verdadeira historia do pirata Xocas, A Vinganza da Mancha, Setna o exipcio Onk, un ourive nas estrelas*, son algunas de las novelas de esta autora amante de la aventura y la fantasía, además de un sinfín de relatos cortos tanto para jóvenes como para adultos.

También ha publicado en la editorial Espasa un manual práctico de lectura que pretende fomentar el hábito de leer entre niños y jóvenes, titulado: *Cómo hacer de su hijo un lector*.

Es la creadora del LibroTotal, un producto multimedia que une la literatura tradicional con las nuevas tecnologías y que está especialmente diseñado para aficionar a la lectura a niños y jóvenes poco amantes de esta. El LibroTotal pretende que los más pequeños adopten una actitud activa ante los libros, para ello contiene juegos, ilustraciones, pasatiempos y mucho espacio para que el joven lector participe en la elaboración del volumen con sus propias aportaciones, tanto dibujando como escribiendo.

Milagros Oya regenta la tienda LIJ LibroTotal en la que se pueden adquirir algunas de sus obras que no están impresas en papel y donde se realiza una investigación constante sobre la relación entre los libros y el juego (www.librototal.net). Es la directora de un portal dedicado a la cultura y las artes (www.oya-es.net). Posee una página personal a la que sus lectores suelen acudir para divertirse aprendiendo y para comunicar sus inquietudes a la escritora (www.encomix.es/~milaoya). Para los jóvenes aficionados a los relatos de terror, nada mejor que el portal www.nenos.com, donde podrán encontrar relatos de miedo especialmente escritos para ellos por la autora.

Milagros Oya Martínez alterna la dirección de sus propias páginas web con el diseño de otras muchas para las más variadas empresas. La autopista de la información, internet, y la literatura se unen en sus creaciones para elevar los contenidos hispanos en la red y fomentar la lectura. Para cualquier comunicación: mila@oya-es.net

Bambú Grandes lectores

Bergil, el caballero perdido de Berlindon
J. Carreras Guixé

Los hombres de Muchaca
Mariela Rodríguez

El laboratorio secreto
Lluís Prats y Enric Roig

Fuga de Proteo 100-D-22
Milagros Oya

Más allá de las tres dunas
Susana Fernández Gabaldón

Las catorce momias de Bakrí
Susana Fernández Gabaldón

Semana Blanca
Natalia Freire

Fernando el Temerario
José Luis Velasco

Tom, piel de escarcha
Sally Prue

El secreto del doctor Givert
Agustí Alcoberro

La tribu
Anne-Laure Bondoux

Otoño azul
José Ramón Ayllón

El enigma del Cid
Mª José Luis

Almogávar sin querer
Fernando Lalana, Luis A. Puente

Pequeñas historias del Globo
Àngel Burgas

El misterio de la calle de las Glicinas
Núria Pradas

África en el corazón
M.ª Carmen de la Bandera

Sentir los colores
M.ª Carmen de la Bandera

Mande a su hijo a Marte
Fernando Lalana

La pequeña coral de la señorita Collignon
Lluís Prats

Luciérnagas en el desierto
Daniel SanMateo

Como un galgo
Roddy Doyle

Mi vida en el paraíso
M.ª Carmen de la Bandera

Viajeros intrépidos
Montse Ganges e Imapla

Black Soul
Núria Pradas

Rebelión en Verne
Marisol Ortiz de Zárate

El pescador de esponjas
Susana Fernández

La fabuladora
Marisol Ortiz de Zárate